KB114135

완벽한 인생

방태산 장편 소설

FUSION FANTASTIC STORY

PERFECT LIFE

완벽한 인생 1

방태산 장편 소설

초판 1쇄 찍은 날 § 2014년 9월 16일
초판 1쇄 펴낸 날 § 2014년 9월 24일

지은이 § 방태산
펴낸이 § 서경석

편집부장 § 권태완
편집책임 § 한준만

펴낸곳 § 도서출판 청어람
등록번호 § 제387-1999-000006호
등록일자 § 1999. 5. 31
어람번호 § 제1-1940호

주소 § 경기도 부천시 원미구 부일로 483번길 40 서경B/D 3F (우) 420-822
전화 § 032-656-4452 팩스 § 032-656-4453
http://www.chungeoram.com
E-mail § chungeorambook@daum.net

ISBN 979-11-316-9204-2 04810
ISBN 979-11-316-9203-5 (세트)

완벽한 인생 ①

방태산 장편 소설

FUSION FANTASTIC STORY

PERFECT LIFE

완벽한 인생

PERFECT LIFE

CONTENTS

1장

다시 주어진 기회

두근.

심장의 고동이 들려왔다.

그는 몸을 움직이며 눈을 떴다. 불편하다. 보이는 것이라곤 새까만 어둠뿐이다.

'이건······.'

지금의 상황은 이미 겪어본 일이었다. 한 번 겪었기에 안도가 되었고, 안도가 되자 자신을 둘러싼 따뜻함이 느껴졌다.

'큭, 기가 막히는군.'

웃음이 흘러나온다.

전생에 이어 또다시 환생했음이 분명했다.

이전에는 전혀 다른 세상이었다. 자신이 있던 무림이 아닌, 21세기 과학문명이 발달한 대한민국이란 나라였다.

이번에는 어딜까?

이왕이면 중원으로 다시 돌아갔으면 좋으련만.

아니, 어쩌면 더욱 많은 시간이 흐른 미래일지도 모른다. 내가 있던 무림은 대략 천 년 전이었으니, 이번에도 천 년 후의 세상일지 모르겠다.

무슨 변덕일까. 나 같은 자에게 두 번의 기회를 주는 하늘이라니.

뭐, 상관은 없었다. 나로서는 계속 존재할 수 있다는 것이 분명 나쁜 일은 아니었으니까.

그러나 이번 삶은 신중하게 살고 싶었다.

바로 직전, 그러니까 대한민국이란 나라에서 살았던 삶이 후회스러웠기 때문이다.

무공이란 것이 사라진 세상에서 나는 초인, 그 이상의 존재였다. 이 막강한 힘으로 마음대로 살았다. 앞을 가로막을 수 있는 자는 아무도 없었다.

마음대로 살았으니 후회한다는 것이 이상하다. 그러나 내가 후회하는 이유는 분명히 있었다.

가족을 지키지 못한 일, 그것이 후회스러웠다.

꿀렁.

평안한 세상이 세차게 흔들렸다. 점차 엉덩이 쪽의 압박이

심해지며 그를 밀어내고 있었다.

드디어 또 다른 세상으로 나아가는 것이었다.

'이번에는 잘살아 보자.'

어디가 되었든 이제는 그저 인간답게 살고 싶었다. 모든 것을 잃고 홀로 남겨지기는 싫었다.

몸이 거꾸로 들리는 것을 느끼며 나는 숨을 깊이 들이마시고 내쉬었다.

'좋군.'

죽는 순간, 폐까지 태워 버리던 그 뜨거운 공기가 아니었다.

이번에는 날뛰지 않을 것이었다. 새로운 가족을 지키며 세상 속에서 평범하게 살아볼 참이었다.

그러나… 다짐은 다짐이고 지금은 엉덩이에 힘을 주는 것이 먼저였다.

'오너라!'

찰싹!

"……!"

미리 대비했는데도 아팠다. 아직 완전하게 발달하지 않은 눈물샘에서 찔끔 눈물이 나올 만큼.

하지만 치열한 혈전과 죽음의 순간에도 신음조차 흘리지 않은 그였다. 울음은커녕, 숨소리도 내지 않았다.

'이런!'

실수다. 울음을 터트려야 했는데 타이밍을 놓쳐 버렸다. 이어질 수순은 뻔했다. 그는 다시 엉덩이에 힘을 주었다.

의사는 고개를 갸웃하며 잠시 아이를 살폈다. 혹시나 이상이 있나 싶었던 것이다.

'빨리 쳐!'

아기의 몸으로 엉덩이에 힘주는 일도 간단치 않았다. 오래 힘을 주기는 어려웠다.

그러거나 말거나 의사는 이상이 없음을 확인하고서야 다시 손을 들었다. 하필 엉덩이의 힘이 풀리는 기가 막힌 타이밍이었다.

철썩!

"응애애애애!"

인내심이고 뭐고 없었다. 힘이 풀리는 바람에 고스란히 고통이 전해져 왔다.

어차피 울음을 터트리려던 참이었기에 우렁차게 울어 젖힐 수 있었지만, 빌어먹을. 아프긴 아팠다.

"씩씩한 아들이네요. 축하드립니다."

산모는 땀으로 범벅이 된 얼굴에도 따뜻한 미소를 잃지 않았다.

그녀는 자연스레 가슴을 풀어헤쳤다. 우선 젖부터 물려야 진정할 듯싶었다.

바동거리는 아기를 품에 안고 젖을 물렸다.

아기의 본능이었다. 젖꼭지가 입 안에 들어오고 그것을 물고 쭉쭉 젖을 빨기 시작한 것은.

'으윽, 배부터 채우고 보자.'

배가 좀 고프긴 했다. 그래서 열심히 빨려 했지만, 힘도 제대로 들어가지 않고 젖도 나오지 않았다.

당연한 일이었다. 젖이 돌기 시작하는 것은 아기가 태어나고 며칠이 지난 후부터가 일반적이었다.

하지만 짜증이 나지는 않았다. 어머니의 따뜻하고 아늑한 품에 안기자 오히려 마음이 편안해지고 안정되어 갔다.

"강산아, 이렇게 건강하게 태어나 줘서 고마워."

익숙한 이름과 목소리였다.

전생의 이름도 강산이었고, 어머니의 목소리도 이처럼 부드럽고 온화했다.

눈을 떠 확인하고 싶었다. 그러나 졸음이 몰려 왔다. 그는 젖을 문 채로 까무룩 잠이 들었다.

*   *   *

신생아실의 침대에 누운 강산은 멍하니 천장을 올려다보고 있었다.

'기가 막히네.'

전생의 이름은 강산이다. 아버지와 어머니, 그리고 형이 하나 있었다.

그게 전생이었는데, 이번의 삶이기도 했다.

한 바퀴를 돌아 제자리로 돌아가는 것을 회귀라 했다. 스스로 돌아온 것은 아니었지만, 같은 삶으로 다시 태어난 것으로 따지자면 회귀가 맞았다.

눈물이 날 만큼 기쁘면서도 당혹스런 상황이었다.

'하늘아, 이게 대체 무슨 조화냐?'

한 번의 환생, 한 번의 회귀.

자신에게 이런 일이 일어나는 이유를 도무지 모르겠다.

전생과 전전생의 공통점이라면 하나다.

후회.

강자였기에 내키는 대로 살아온 삶이었지만, 두 삶 모두 모든 것을 잃고 죽음을 맞이해야 했다. 억울함이나 분노보다 후회스런 마음만 가득했었다.

그건 두 삶에서 한결같이 자신을 괴롭혔던 하나의 감정 때문이었다.

외로움.

무림에서는 가족이나 가까운 사람이 없었기에 그 괴로운 감정이 외로움인지도 몰랐었다. 괴로움에 스스로를 더욱 혹독하게 몰아치고 잔인해졌을 뿐이었다.

중원에서 명운이 다하는 날까지 그 괴로움은 끝내 정체를 밝히지 않았었다. 그저 눈을 감고 숨이 멎는 순간까지도 그를 괴롭히기만 할 뿐이었다.

이어진 대한민국에서의 환생.

가족이 생겼었다. 몸에 맞지 않는 옷을 입은 것 같았지만, 처음 느껴보는 따뜻함이 나쁘지 않았었다.

그것이 좋아서 가족을 위해 힘을 사용했다. 가족을 괴롭히거나 위협하는 자들을 없애고 그들이 가진 것을 빼앗았다.

그랬더니 세상이 그를 적으로 규정했다. 끊임없이 싸워야 했고 그 와중에 가족을 잃고 홀로 남게 되었다.

그제야 괴로움을 준 감정이 바로 외로움이었다는 것을 알게 되었다. 그리고 그 위에 상실감이 더해져 그의 정신을 피폐하게 만들었다.

'같은 짓을 반복할 수는 없지.'

후회는 두 번이면 족하다. 이번만큼은 후회 없는 삶을 살고 싶었다.

"강산아, 아빠랑 형 왔네?"

간호사가 누워 있는 강산을 조심스럽게 안아 들었다. 면회를 위한 투명한 유리 밖으로 아버지와 형이 보였다.

'아버지, 형.'

마지막까지 자신을 위해준 가족이었다. 이길 수 없는 싸움이란 것을 알면서도 그의 곁을 지켜주었었고, 그를 위해 죽음을 택했었다.

이들을 잃고 얼마나 후회를 했던가. 난 마음대로 움직일 수도 없는 팔에 온 신경을 집중했다.

"어?"

간호사의 눈이 동그래졌다. 아기를 감싸고 있던 강보가 꿈틀거리더니 팔이 나오는 것이 아닌가? 더구나 밖으로 나온 팔을 가족들을 향해 뻗었다.

믿을 수 없는 일이었다. 갓 태어난 아기가 팔을 자유롭게 움직이다니.

아버지인 강창석도 깜짝 놀랐다. 아직 몸도 제대로 가누지 못할 아들이 자신들에게 손을 뻗으며 입을 벙긋거리고 있었다.

"현아, 봐라. 네 동생이 알아보나 보다."

신기했다. 갓난아기는 잘 보지도 못하고 듣지도 못한다고 들었다. 그런데 동생은 아버지와 자신을 알아보는 것처럼 손을 뻗고 입을 뻥긋거렸다.

가만히 동생을 보다가 눈이 마주쳤다. 겨우겨우 뜬 눈꺼풀 사이로 별처럼 빛나는 눈동자가 보였다.

절로 손이 나아가 창문에 닿았다. 간호사는 아기의 팔이 아래로 향하자 몸을 낮춰 주었다.

강산의 손과 강현의 손이 유리창을 가운데 두고 마주했다.

"어머!"

간호사의 호들갑 속에서도 형제는 서로의 손을 마주하고 온기를 나누었다.

'형, 이번에는 형의 꿈을 꼭 이루게 해주겠어.'

형의 꿈은 검사였다. 어떠한 외압에도 흔들리지 않는 강직한 검사가 되어 사회정의를 실천하겠다고 입버릇처럼 말했었다.

자신이 힘을 쓰지 않았다면 충분히 검사가 되고도 남았을 것이다.

'이번에는 얌전하게 살 테니까. 우리 모두 행복하게 살아보자고.'

강산은 다짐에 다짐을 거듭했다.

아기의 몸.

두 번째 경험이었다. 그러나 불편한 것은 불편한 것이었다.

그렇다고 전처럼 무공을 빠르게 익혀 신체발달을 촉진시키는 짓도 할 수 없었다. 어떻게든 일반적인 아기의 범주를 벗어나는 일은 최대한 지양해야 했다.

전에는 너무 빠른 성장으로 병원을 자주 들락거리기도 했었다. 혹여 이상이 생긴 것은 아닌지 부모님이 걱정을 했기 때문이었다.

괜한 걱정을 끼치는 일은 없어야 한다. 관심을 끌어서도 안된다.

'난 아기다, 아기. 평범한 아기.'

부모님과 형은 좋은 사람이었다. 자신을 끝까지 믿어주고 아껴준 사람이니 걱정은 없었다.

처음 대면에서 반가움에 조금 튀기는 했지만, 앞으로 자제하면 가벼운 해프닝으로 끝날 일이었다.

'그래도 힘은 키워야지.'

가족을 지킬 수 있는 힘은 필요하다. 전신 기맥이 활짝 열려 있는 지금이 최적의 시기였다.

어차피 하루 종일 누워만 있어야 하는 상황이었다. 운기를 하여 일차적으로 기침단전 정도는 해둘 생각이었다.

천마구궁심법(天魔九宮心法).

그를 절대자가 되게 해준 신공이 발휘되기 시작했다. 그렇게 1분 정도 지났을까?

전처럼 필사적인 생각이 없었던 강산은 그대로 쌔근거리며 잠이 들고 말았다.

아직은 잠이 많은 아기였다.

*   *   *

곤하게 자고 있던 강산의 눈이 번쩍 뜨였다.

'쌌다!'

아랫도리가 축축한 것이 오줌을 싼 것 같았다.

'어쩐다.'

가장 간단한 방법은 울음을 터트리는 일이었다. 그러면 간호사가 다가와 확인을 하고 기저귀를 갈아주었다.

그러나 지금은 흐릿한 미등만 켜져 있는 밤이었다. 울음을 터트리면 자고 있는 다른 아기들마저 깨어나 한바탕 울음바다가 되리라.

현재 자신도 아기의 몸이었지만 아기의 울음소리는 질색이다. 무림에서 그를 가장 귀찮게 했던 광음소자(狂音小子)의 절기, 탈혼소(奪魂笑)가 아기 울음소리 같았기 때문이다.

그렇다고 젖은 기저귀를 차고 있기는 싫었다. 더럽고 찝찝한 것은 질색이었다.

"앙, 아앙!"

근처에 있을 당직 간호사가 다가오길 기다리면서 짧고 강하게 울었다.

처음에는 반응이 없었다. 아기들은 종종 잠꼬대를 잘하기에 으레 그러려니 한 것이었다.

"아앙! 아아앙!"

"어머, 강산이 깼니?"

좀 더 적극적으로 소리치자 드디어 간호사가 다가왔다.

"왜 깼어? 꿈이라도 꿨니?"

아기들은 대소변을 보면 울음을 터트리게 마련이다.

간호사는 딱히 크게 우는 기색이 없는 강산이의 볼을 부드럽게 쓰다듬으며 상태를 살폈다.

아기를 돌보는 일은 힘든 일이었다. 시도 때도 없이 울고 칭얼거리는 건 둘째치고, 말이 통하지 않으니 신경을 써야 할 일이 한두 가지가 아니었다.

그래도 그녀가 5년이나 산부인과, 그것도 신생아실에서 일하는 이유는 아기가 좋았기 때문이었다.

강산은 자신을 감싸고 있던 강보를 억지로 걷어냈다.

과연 신공이라 할까? 잠깐이지만 천마구궁심법의 공능으로 팔에 힘이 붙었다.

'쌌다. 기저귀를 갈아라.'

강산은 짧은 팔로 기저귀 쪽을 탁탁 쳤다.

"응?"

탁, 탁.

"아!"

처음엔 뭔가 싶어 바라보던 간호사의 눈이 커다래졌다.

"쌌어?"

강산은 행동을 멈추고 입을 꼭 다물었다. 아기라고 생각해도 부끄러운 일이었다.

간호사의 입이 떡 벌어졌다.

'세상에!'

팔을 움직인 것도 놀라운 일이었다. 그런데 울음을 터트리지도 않고 소리 내어 자신을 부른 것도 모자라 의사표현까지 하는 아기라니.

석가모니가 처음 태어나며 일곱 걸음을 걸은 후에 하늘과 땅을 가리키며 천상천하 유아독존이라 했다고 한다.

그 정도는 아니지만, 가끔 발육이 매우 빠른 아기가 있긴 했다. 그래도 이처럼 신통방통한 아기는 처음이었다. 이런 것을 신동이라 해야 하는 걸까?

이럴 때가 아니었다. 그녀는 핸드폰을 꺼내 들어 동영상 촬영을 시작했다.

"강산아. 꿈을 꾼 거야, 오줌을 싼 거야?"

'이 아줌마가 미쳤나…….'

짜증이 났지만 기저귀를 갈아야 했다. 그는 다시 기저귀의 밴드 부분을 탁탁 쳤다.

"꿈?"

"으아앙, 아아앙!"

팔을 휘저으며 강력하게 울음으로 항의했다.

기저귀나 갈라고!

"꿈이 아니야? 그럼 뭐?"

탁탁

짜증을 담아 다시 기저귀를 쳤다.

2장
형아야, 미안

"세상에, 대박!"

간호사는 탄성을 지르더니 폰을 가슴의 포켓에 넣고 능숙하게 강보를 완전히 끄른 다음 기저귀를 벗겼다.

"진짜네? 우와, 강산이 똑똑한데?"

진심으로 놀란 그녀는 녹화를 멈추고 바로 강산의 기저귀를 갈았다. 신기한 건 신기한 것이고, 일은 일이었다. 이대로 놔두면 아기에게 좋지 않았다.

동영상을 올려봤자 조작이니 뭐니 믿지 않을지도 모른다. 그래도 상관없었다. 아기의 모습을 보며 함께 즐거워할 사람들만 있으면 족했다.

간호사는 조심스럽게 강산을 안아 들었다.

"강산아. 에구, 요 이쁜 것."

빈말이 아니었다. 아기 중에 예쁘지 않은 아기가 있기야 하겠냐만, 강산이는 외모도 귀엽고 하는 짓도 예뻤다.

오밤중에 아기 하나가 울음을 터트리면 비상이다. 다른 아기들이 깨기 전에 재빨리 달래지 못하면 온통 울음바다가 되고 만다.

그것을 알고 그랬는지 아닌지는 모르겠다. 어쨌거나 결과는 좋았고, 그녀의 눈에 세상을 피바다로 만들었던 악인이 천사로 보이게 만드는 계기를 주었다.

간호사는 동영상을 들고 강산의 어머니인 이선화에게 달려갔다. 너무 기특하다며 입에 침이 마르도록 칭찬하고 인터넷에 올릴 수 있도록 허락을 받았다.

당직을 마치고 집으로 돌아간 그녀는 간호사 커뮤니티 사이트에 강산의 동영상을 올렸다.

제목 : 신동? 천사? 진짜 예쁜 아기예요~

그저 우연일지도 몰라요. 하지만 너무 기특하고 예뻐서 올려 봐요.

한밤중이었어요. 조용히 앙앙거리는 소리가 들려서 다가갔더니, 글쎄 동영상에서처럼 기저귀를 가리키는 거예요.

신생아실에서 근무하시는 분이라면 아실 거예요. 밤에 아기 하나가 울면 어떤 일이 벌어지는지. 최악의 경우에는 아기 달래기 전쟁이 벌어지잖아요?

그런데 강산이는 울지도 않고 소리쳐서 절 불렀어요.

아기들이 천사 같다고 생각만 해왔는데, 진짜 천사를 발견한 거죠!

아아, 강산아~ 병원을 나가서도 지금처럼만 바람직하게 자라다오. 강산아, 사랑한다!

*   *   *

독행마(獨行魔) 진천.

강산은 중원에서 그렇게 불렸었다.

홀로 독보천하 하던 그였기에 사람과의 관계는 어렵기만한 일이었다. 그로 인해 바로 전의 생에서는 가족들에게 많은 상처를 주기도 했었다.

그랬는데도 가족들은 강산을 끝까지 믿어주었다. 죽는 그 순간까지도 자신들보다 그를 더욱 걱정했음을 잘 알고 있었다.

그래서 얌전하게 사고 안 치고 예쁜 아들이 되어주려 했을 뿐이었는데…….

"선생님, 어디 아픈 건 아니겠죠?"

의사를 바라보는 선화의 눈에는 아들에 대한 걱정이 한가득 담겨 있었다.

첫째인 강현이와는 달리 손이 덜 가는 둘째였다. 보채지도 않고 새벽에 울지도 않았다. 어쩔 때는 애가 있는지조차 헷갈릴 정도였다.

선화는 그것이 걱정이었다. 아기라면 응당 울고 보채고 해야 하는 법인데 너무 얌전했기 때문이다.

"걱정하지 않으셔도 됩니다. 오히려 다른 아기들보다 더 건강하네요."

"정말인가요?"

"네. 건강상 문제는 전혀 없습니다."

"하지만 너무 얌전해요. 울지도 않고 새벽에 깨는 일도 없고요."

강산은 한숨이 절로 나왔다.

'별게 다 걱정이십니다, 어머니.'

전생에서는 발육이 너무 빨라 걱정이더니, 이번에는 얌전하게 있어서 걱정이란다.

걱정을 끼치지 않기 위해 한 행동이 오히려 걱정을 끼치고 있었다.

좀 울고 그래야 하나?

"괜찮습니다. 그런 아기들이 전혀 없지는 않거든요. 강산이가 착해서 그런가 보다 생각하세요. 차트 상으로는 매우 건

강하니까 걱정 마시고요."

뭐가 그리 걱정인지 의사의 말에도 한참을 이것저것 묻고서야 진료실을 나설 수 있었다.

"에휴, 강산아. 진짜 어디 아픈 거 아니지?"

물끄러미 엄마를 올려다보던 강산이 팔을 뻗어 얼굴을 매만졌다. 생글거리는 웃음도 지어주었다.

선화는 아들의 행동에 활짝 웃었다.

"강산아, 엄마는 많은 걸 바라지 않아. 그저 건강하게 잘 자라주면 그걸로 족해."

건강?

다른 건 몰라도 그거 하나는 자신 있었다.

* * *

강산은 물끄러미 자신을 바라보는 형을 보며 남몰래 한숨을 내쉬었다.

형의 눈동자에 깃든 감정이 무엇인지 잘 알고 있었다.

'소심하기는.'

안아보고 싶어 하는 기색이 역력했지만, 행여 다칠까 봐 그러질 못하고 있었다.

전생에서도 그 성격 때문에 왕따를 당했던 형이었다. 자신이 힘을 쓰게 된 결정적인 계기도 심하게 괴롭힘을 당한 형 때문이었다.

전에는 그냥 두었었다. 일이 생기면 자신이 해결하면 된다고 생각했었고 그만한 힘과 능력이 그에게는 있었으니까.

하지만 이번에는 다르다. 그게 얼마나 어리석은 생각이었는지, 모든 걸 잃어보고도 깨닫지 못한다면 진짜 바보다.

강산은 팔을 뻗었다.

"앙!"

덤으로 방긋 미소도 지어주었다.

"응?"

선화는 품에 안겨 있던 둘째의 행동에 읽고 있던 책을 내려놓았다.

"앙, 아앙!"

"산아, 형한테 가고 싶어?"

"앙!"

기특한 아이였다. 두 달이 다 되어가도록 엄마를 힘들게 하지도 않고 아픈 적도 없었다.

게다가 형인 강현이도 동생을 얼마나 끔찍이 위하는지, 시키지 않아도 외출 후에는 손발을 꼭꼭 씻고 집 안을 어지럽히지 않으려 노력했었다.

"현아, 이리와."

엄마의 부름에 강현이 쭈뼛거리며 다가왔다.

"산이가 형한테 가고 싶은가 보다. 안아볼래?"

현이의 두 손이 연신 오르락내리락했다.

안아보고 싶은데 겁이 났다. 행여 동생이 다칠까 봐 걱정스러웠다.

'쯧.'

그걸 두고 볼 강산이 아니었다. 슬쩍 몸을 틀어 형의 옷깃을 붙잡았다.

"어머, 산아."

평소 얌전하게만 지내던 둘째였다. 이렇게 적극적으로 움직이는 일은 거의 없었다.

그녀는 흐뭇하게 웃으며 강현의 품에 강산이를 안겨주었다.

"팔은 이렇게 하고."

강현의 입이 귀밑까지 늘어졌다. 강산도 형을 향해 웃어주었다.

'좋냐?'

소심한 것만 빼고는 참 괜찮은 형이었다. 착하고 마음도 따뜻했으며 배려심도 깊었다.

하지만 그런 성격으로 검사가 될 수는 없었다.

범죄자를 상대하는 것이 검사다. 그렇다면 독기도 필요했고 무력도 필요한 법이다. 지금의 착해빠진 성격으로는 범죄자들에게 휘둘릴 여지가 다분했다.

'형, 이번에는 진짜 검사가 되게끔 도와줄게.'

실제로 검사가 일선에서 싸울 일은 별로 없었다. 그걸 강산은 잘 알지 못했다.

알았다고 해도 별로 상관은 없었으리라. 이번 삶에서는 형의 성격을 단단히 고쳐 주자고 진즉에 마음먹고 있었으니까.

'어디 보자. 역시 마공을 가르쳐야겠는데.'

마공을 가르치려는 이유는 간단했다. 그가 아는 무공의 태반이 마공이기도 했고 적극적이고 호전적인 성격을 갖게 하려면 마기를 쌓는 것이 좋았다.

마기가 골수에 치미면 광인이 되고 살인마가 된다고 한다. 그래서 중원에서는 마공을 익힌 마인들을 경원시하고 배척해 왔다.

그러나 그건 하류 마공의 경우였고, 그가 알고 있는 마공 중에는 정공에 버금갈 정도로 안정적인 마공도 있었다.

'금강현마공이 좋겠어.'

금강현마공(金剛玄魔功)은 일반적인 마공보다 축기되는 양은 적었지만, 그 안정성에 대해서는 여타 마공보다 대단히 뛰어났다.

성취가 느리다고 해도 정종무공보다는 빠르다. 게다가 마기도 그가 익힌 무공만큼이나 순수했다.

다만, 익히는 과정이 매우 험난하고 괴로웠다.

'어린 시절은 금방 지나가니까. 조금만 버티면 되는 거야.'

강산의 손이 강현의 얼굴을 쓰다듬었다. 환하게 웃어주는 것도 잊지 않았다.

강현은 그런 동생의 모습을 보면서 생전 처음으로 오싹한 한기를 느끼고 있었다.

$$*　　　*　　　*$$

1년이 지났다. 그리고 드디어 기다리던 그날이 왔다.

'힘들었어.'

강산은 입을 꾹 다물고 비장한 각오로 엄마와 아빠를 바라보았다.

한참 잠이 많은 시기를 무사히 넘기고 본격적으로 움직인 것이 7개월째였다. 그동안 기침단전을 하고 신체의 기능을 최상으로 올려놓았다.

그렇다고 벌떡 일어나서 빨빨거리고 돌아다닐 수는 없었다. 그저 가족 몰래 육아와 관련된 책을 보고 아기로서의 몸가짐에 대해 스스로를 세뇌해 왔다.

그리고 오늘!

드디어 걸음마를 시작할 시기가 도래했다!

"산아, 할 수 있어. 이리와."

온 가족, 아버지, 어머니, 형이 저만치서 부르고 있었다. 기대하는 만큼 부응할 의무가 아들인 그에게는 있었다.

'천천히.'

너무 완벽하게 해서도 곤란했다. 강산은 최대한 어색하게, 위태롭게 한 걸음을 뗴었다.

"옳지! 조금만 더!"

한 걸음, 한 걸음. 마음 같아서는 단숨에 달려가 품에 안겨 주고 싶었지만, 그 마음을 애써 꾹꾹 눌러 참으며 아기의 걸음에 집중했다.

잠시 걸음을 멈추고 가족들을 바라보았다.

"강산아, 이거. 강산이가 가장 좋아하는 거."

얼마 전에 강산은 돌잔치를 했었다. 전생에는 남들과 너무도 다른 그를 감추기 위해 하지 않았던 잔치였다.

돌잔치를 하면 당연히 돌잡이를 한다.

이미 육아 관련 책을 보면서 돌잔치에 대해 알고 있던 강산은 거침없이 돈을 집어 들었다.

중원에서는 돈에 대한 걱정이 없었다.

날 죽이겠다고 달려드는 놈들의 주머니는 내 주머니가 되었다. 궁핍하면 산적이나 수적들을 털었고 명성이 생기고부터는 어디 돈 많은 집 손님으로 며칠만 머물러도 돈이 생겼다.

그런데 이놈의 세상은 달랐다.

사람을 죽이면 살인죄다. 범죄자를 죽여도 마찬가지다. 악명도 명성이었던 무림과 달리 악명은 곧바로 지명수배.

법치국가라던가? 중원에서처럼 덤벼드는 놈들을 모조리 죽이고 빼앗았던 전생의 말로는 비참하기만 했다.

그래서 돈을 집었다.

중원과 달리 이곳은 무력보다 돈이었다.

"응? 천 원이라 그래?"

강창석은 지갑에서 만 원을 꺼내 들며 실소를 머금었다. 아무리 아들이 돈을 집었어도 그 가치까지 알아볼까 싶었던 것이다.

그러나 만 원짜리가 나타나는 순간, 그의 아들은 환한 미소와 함께 한 번도 쉬지 않고 그의 품으로 걸어왔다.

강산은 부모의 놀란 시선에도 아랑곳하지 않고 돈을 낚아챘다.

'그래, 이놈의 돈을 벌 방법도 생각해 보자.'

그의 손에 쥐어진 돈이 형편없이 구겨지고 있었다.

*   *   *

걸음마를 시작한 지 몇 개월이 지났다.

강산은 책상에 앉아있는 형의 뒷모습을 가만히 응시하고 있었다.

'쩝.'

원래대로라면 무공 수련을 바로 시키려 했다. 그런데 지금 상황을 보니 동정심이 일었다.

중원이라면 천자문 정도나 할 나이에 국어, 영어, 수학을 배우고 있었다.

'그래도 어쩔 수 없다.'

무공에도 조기교육이 중요한 법이다. 기혈이 조금이라도 더 뚫려 있을 때 시작하는 것이 좋았다.

힘은 들겠지만 무공의 기초를 닦아 놓으면 공부에도 분명 도움이 될 일이었다.

독하게 마음먹은 강산이 단호한 눈으로 형을 바라보았다.

흠칫!

강현의 어깨가 잔뜩 움츠러들었다.

창문의 커튼 틈으로 옅은 빛이 들어오는 방에 강현이 새근 거리며 잠들어 있었다.

도시의 밤은 자연의 정겨운 소리가 사라진지 오래였다. 이 따금 들리는 자동차 소리와 취객의 고성이 그 자리를 대신하고 있을 뿐이었다.

강현의 침대 곁에 불쑥 얼굴이 솟아올랐다. 눈을 빛내고 있는 강산이었다.

'좋아. 시작해 볼까?'

가장 먼저 할 일은 기경팔맥을 비롯한 전신 기혈을 단련해 주는 일이었다.

추궁과혈의 수법이었으나, 그 강도가 달랐다.

'무지하게 아프지.'

쇠는 두드리는 만큼 단단해지고 잡초는 밟을수록 질기게 자라난다. 강산은 최대한의 강도로 행할 생각이었다.

금강현마공도 안전하다고는 하나, 마공은 마공이었다. 마공을 익힘에 따라 생성되는 마기를 무시할 수는 없었다.

워낙에 날뛰기 좋아하는 성질이라 기혈이 약하면 쉽게 찢어질 수가 있었다. 그렇게 되면 찢어진 기혈 사이로 마기가 튀어나가 육체 자체에 영향을 준다.

자신이야 알아서 조심할 수 있다지만, 형은 아니었다. 게다가 직접적으로 심법을 가르칠 생각도 없었다. 그저 몸에 새겨 버릴 예정이었다. 뼛속까지 사무치도록.

"시작해 볼까?"

소리를 지르지 못하게 아혈부터 점했다. 훈혈과 천주혈을 적당히 막아 반쯤 가사 상태로 만들고 몸을 움직일 수 없도록 마혈까지 짚었다.

준비를 마치고 숨을 깊이 들이켜고 내쉬며 천마구궁심법의 구결을 운용했다.

오늘을 위해 상당한 양의 내공을 쌓았다. 단전에서부터 솟구치는 내공이 전신을 내달리기 시작했다.

"형, 미안해."

강산의 조막만 한 손이 강현의 몸 위로 떨어졌다.

번쩍!

강현의 눈이 부릅떠졌다. 한 수에 정신이 들 정도로 지독한 고통이었다.

파바바바밧!

강산이 현란한 손놀림으로 형의 전신을 난타하기 시작했다.

강현의 눈에 눈물이 흘러나왔다. 정신을 혼미하게 해놓았어도 뼛속까지 스며드는 고통이었다. 의식이 수면 위로 떠오를 수밖에 없었다.

강현이 자신을 줄기차게 때리는 사람을 쳐다봤다.

'사, 산아!'

믿을 수 없었다. 그 귀엽고 사랑스러운 동생이 자신을 때리고 있다니.

몸도 움직일 수 없고 목소리도 나오지 않았다.

'이건 꿈이야! 엄마!'

무서웠다. 자신을 깨워주길 바라며 애타게 엄마를 찾았다.

강산은 형의 눈이 공포로 물드는 것을 보았다. 그러나 손을 멈추지는 않았다. 어차피 한숨 자고 일어나면 지금 있었던 일들은 잊으리라.

시간이 얼마나 흘렀을까?

추궁과혈을 끝낸 강산이 호흡을 골랐다.

손은 멈췄지만 고통은 이어지고 있었기에 형의 눈에서는 눈물이 계속 흘러나오고 있었다.

일차적으로 기혈의 단련을 끝냈다. 슬쩍 단전에 손을 올려보니 미약하지만 내공까지 맴돌고 있었다.

'흠. 생각보다 적네.'

그의 예상에는 미치지 못했지만, 그럭저럭 운기는 할 정도의 내공이 쌓였다.

강산은 형의 귓가에 얼굴을 가까이 했다.

"아프지?"

당연했다. 무지하게 아팠다.

"지금부터 아프지 않을 방법을 알려줄게. 잘 기억해야 해?"

"……"

어차피 듣지 못할 대답이었다. 강산은 손을 들어 형의 단전 위에 올렸다.

"지금의 느낌을 기억해. 이대로만 하면 고통이 사라질 거야."

사람은 극한의 상황에 처했을 때 엄청난 집중력을 발휘한다. 죽을 정도로 아픈 상황을 벗어나게 해주는 유일한 방법을 알려주면 쉽게 잊지는 않을 것이다.

그러나 그걸 무의식적으로 계속하게 만들려면 한 번으로는 어림도 없었다.

추궁과혈은 강산에게도 힘든 일이었다. 내력의 소모도 엄청나고 심력도 상당하게 쏟아 부어야 했다.

하지만 해야 할 일이다. 형을 위해서, 가족을 위해서.

당하는 형 입장에서는 끔찍한 일이었지만, 수십, 수백 번이라도 할 수 있었다.

강산은 금강현마공의 운기법에 따라 형의 내공을 인도하기 시작했다.

*   *   *

하늘은 불공평하다고 생각했었다.

자신에게 뛰어난 무재와 머리를 주어 천하제일인이 되게 해주고 새로운 삶의 기회까지 주었으니까.

그러나 아니었다.

형은 공부는 제법 잘한다. 성격 탓에 왕따는 당했어도 성적 자체는 좋았다.

문제는 몸 쓰는 일은 전혀 아니올시다란 거다.

'저놈의 몸치.'

전생의 유치원 재롱 잔치 때였다. 단체 율동을 하는데 유독 형만 튀었었다.

정말 춤을 못 췄기 때문이었다.

비슷하게 흉내라도 낸다면 모르겠는데, 아예 같은 율동이라 생각지도 못할 만큼 달랐었다. 유치원이라서 다행이지, 다른 곳이었으면 무대에 오르지도 못했을 형이었다.

그런 몸치의 저주가 신체에까지 적용될 줄이야.

벌써 유치원에 들어갈 시기가 다가왔다. 그간 추궁과혈을 대체 몇 번이나 했는지 기억조차 가물거린다. 이미 기혈은 탄탄하다 못해 편도 8차선 해저터널 수준으로 강화되었다.

그런데 아직까지 단전의 내공은 겨우 1년치 수준에 머물러 있었고 금강현마공은 전혀 운용하지 못하고 있었다.

하늘은 공평했다.

형은 머리가 좋았으나 육체적인 면은 영 꽝이었다.

강산은 출중한 능력을 가졌으나 신경 써야 할 형을 두고 있었다.

"어휴……."

움찔!

동생의 한숨이 들리자 몸이 먼저 반응했다. 슬그머니 고개를 돌려보니 한심하단 표정으로 자신을 바라보는 강산이 보였다.

이상하게 동생만 보면 이유도 없이 몸이 움츠러들었다.

"저, 강산아."

"왜?"

퉁명스런 대답에 찔끔하면서도 할 말은 했다.

"공부하는데 신경 쓰여서. 좀 나가 있을래?"

장족의 발전이었다. 그간의 노력이 전혀 헛된 것은 아니었다.

추궁과혈을 하고 금강현마공을 강제로 운기시킨 후에는 머리의 몇몇 혈도를 눌러 기억에 혼란을 주었다. 애초에 훈혈과 천주혈을 막아 정신을 빼놓았기에 가능했던 일이었다.

그로 인해 기억은 못했지만 동생을 보면 알게 모르게 어려워하고 피하려 했었다. 잠재의식과 육체는 강산의 만행을 기억했던 것이다.

하지만 주눅 들어 지내던 것도 내공이 쌓이고 마기가 생성되자 나아졌다. 드디어 성격이 변한 것이다.

'아주 쬐끔이지만.'

일단 이 정도로 만족하기로 했다.

자신의 나이 이제 겨우 3살, 형의 나이 5살이었다. 살아온 날보다 살아갈 날이 까마득하게 많았다.

'청춘이지.'

강산이 흐뭇한 미소를 지으며 방을 나섰다.

*　　　*　　　*

강산은 5살이 되어 유치원에 다니게 되었다.

유치원은 동화에서나 볼법한 아름다운 유럽풍의 성 모양이었다. 평범한 아이라면 감탄할 만한 모습이었으나, 강산은 유치원을 보자마자 한숨부터 내쉬었었다.

캐슬 유치원.

전생에도 왔던 유치원이었다. 그리고 그는 단 하루 만에 유치원의 문을 닫게 만들었었다.

사고. 어머니는 사고라며 그를 달래주었었다. 만약 어머니가 없었다면 세상은 다섯 살배기 괴물을 맞이해야 했을 것이었다.

'이젠 일어나지 않을 일이지.'

강산은 가볍게 과거를 털어냈다. 자신은 그때의 자신이 아니었다.

'형도 그때의 형이 아니고.'

부모님이 맞벌이를 하시기에 강산과 강현은 종일반 수업을 들었다.

강산은 첫 오전반 수업을 마치고 종일반 교실로 향했다. 거기서 덩치가 큰 아이와 대치하고 있는 형이 보였다.

내공의 양이 크게 늘지도 않았고 금강현마공을 사용하지도 못했다. 그러나 그 정도로도 형은 건강해졌고, 자신감이 생겼으며, 대범해졌다.

그 효과가 눈앞에서 여실히 드러나고 있었다.

"야, 까불래?"

강현이 눈을 부라리자 그보다 훨씬 덩치가 큰 아이가 꼬리를 말았다. 녀석은 등 뒤로 숨겼던 장난감을 앞으로 내밀었다.

"어쭈? 장난해?"

눈썹을 치켜 올리자 일곱 살짜리답지 않은 박력이 흘러넘쳤다. 덩치는 더욱 어깨를 움츠리며 작게 말했다.

"왜, 왜 그래?"

"나한테 줄 게 아니잖아."

"아."

그제야 덩치는 자신에게 장난감을 빼앗기고 울고 있는 아이에게 그것을 돌려주었다.

"돼, 됐지?"

"너 진짜."

강현의 눈초리가 사나워졌다.

"또 왜?"

"왜라니. 돌려주기만 하면 끝이야? 네가 잘못했으니까 사과를 해야지."

"사과?"

"얘가 가지고 놀던 걸 강제로 빼앗았잖아. 안 주려고 하니까 때렸고. 선생님이 뭐라셨어? 남의 걸 빼앗거나 친구를 때리는 건 나쁜 짓이라고 했지?"

"어⋯⋯."

"그럼 얘한테 잘못한 거 맞지?"

"응⋯⋯."

"그러니까 사과해."

그제야 덩치는 울고 있는 아이에게 미안하다며 사과를 했다. 강현은 덩치의 어깨를 두어 번 두드렸다.

"앞으로 두고 볼 거야. 애들 괴롭히거나 때리면 알지?"

형의 일처리 방식이 마음에 차지는 않았다. 자신 같았으면 일단 패고 말을 하련만.

'나도 이제 평범한 애가 다 되었군.'

뿌듯했다. 예전 같으면 팔다리 하나는 잘라 버린다는 생각을 했을 텐데 말이다.

강산은 함박웃음을 지으며 강현을 불렀다.

"형!"

"산아."

달려가 형을 답삭 끌어안았다.

"헤헤, 우리 형 멋찌다."

"그래?"

"응. 세상에서 우리 형이 최고야!"

강현은 강산의 머리를 부드럽게 쓰다듬어 주었다.

분명 사랑스럽고 예쁜 동생이다. 말도 잘 듣고 형을 위해서라면 뭐든지 양보를 했다.

그런데도 가끔씩 알 수 없는 두려움이 느껴진다. 어쩔 때는 오히려 동생이 형 같기도 했다.

"강현아, 동생이야?"

"어."

둘 사이에 끼어든 여자아이의 말에 형의 얼굴이 딱딱하게 굳었다. 뭔가 곤란해 하는 기색이었다.

강산은 예리하게 여자아이를 훑어봤다.

부드럽게 웨이브 진 머리에 세련된 원피스 아동복을 입은 아이였다.

"안녕? 난 이혜정이라고 해. 넌 이름이 뭐니?"

손가락으로 머리카락을 자연스럽게 귀 뒤로 넘기는 모습에 여자애가 누군지 떠올랐고, 욕지거리도 자연스럽게 흘러 나왔다.

"쌍……."

년이란 단어는 가까스로 삼킬 수 있었다.

"응? 뭐라고?"

"…쌍아이스가 먹고 싶어요. 제가 그걸 엄청 좋아하거든요. 누나라면 반 갈라서 나눠줄 수 있을 거 같은데."

강산은 자신이 얼마나 귀여운지 잘 알고 있었다. 환하게 웃으며 바짝 다가서자 이혜정이 얼굴을 붉혔다.

"그, 그래?"

"응. 난 강산이라고 해요. 나이는 다섯 살. 우리 쌍쌍바 하나……."

"산아."

강현이 동생의 머리를 꾹 누르며 자신 쪽으로 끌어당겼다.

"혜정아, 가. 내 동생이야."

그 모습에 이혜정의 눈이 반짝였다.

'동생이라 이거지?'

강현이는 다른 아이들과 달랐다. 웃음만 보이면 졸졸 따르는 아이들과 달리, 현이는 오히려 자신을 피해 다녔다.

강산이라고 했던가? 하는 말을 들어보니 형과는 달랐다. 아무래도 자신에게 넘어온 것 같았다. 그렇다면 강산이랑 먼저 친해지면 되는 일이었다.

"음, 그래. 알았어."

이혜정은 강산이를 향해 생긋 웃으며 자신의 자리로 돌아갔다.

'우와, 저 되바라진 년.'

아이답지 않은 웃음이었다. 색기가 자르르 흐르는 여우같은 년이었다.

'그런데 이상하네.'

전에는 형을 지독히도 괴롭히려 한 이혜정이 지금은 사근사근하게 대하는 것 같았다.

강산은 형을 빤히 쳐다봤다.

확실히 달라졌다. 전생에는 비쩍 말라서 볼품없었는데, 지금은 적당한 덩치에 피부도 곱다. 약간 계집애 같던 얼굴도 사내다운 느낌이 더해져 매력적으로 보였다.

"음."

동생의 야릇한 눈초리에 강현이 '왜?' 라는 표정이 되었다.

"아냐."

싹수가 보인다. 앞으로 형의 앞길에 여난이 일어나겠구나.

그나저나 이혜정이라. 따지고 보면 그 애의 잘못도 아니었다. 체질을 타고난 것을 어찌할까. 그렇다고 해도 형과 가까워지는 것은 그다지 달갑지 않았다.

"산아. 혜정이랑 가까이 지내지마."

의외의 말이었다. 강산은 시침을 뚝 떼고 물었다.

"왜? 이쁜 누난데."

"엄마가 그랬잖아. 사람은 얼굴보다 마음이라고."

"응? 왜? 이왕이면 이쁜 여자가 좋지."

"아빠도 그랬어. 미인을 만나면 1년이 행복하고, 착한 여자를 만나면 10년, 요리 잘하는 여자와 만나면 평생이 행복하다고."

아이고, 아버지. 형한테 언제 그런 말씀을? 아니, 그보다 뭔가 좀 이상타?

"형."

"응?"

"아빠랑 엄마랑 같이 있었어?"

"응. 그래서 아빠 말에 엄마가 그랬어. 공부 열심히 해서 훌륭한 사람 되면 엄마처럼 이쁘고, 착하고, 요리 잘하는 여자 만날 거라고. 그러니까 공부 열심히 하래. 엉뚱한데 신경 쓰지 말고."

어쩐지, 왜 벌써부터 그런 말씀을 하시나 싶었다. 순진한 아들을 이런 식으로 세뇌하시는구나.

갑자기 형에게 동정심이 일었다.

무공으로 인해 건강해지면서 공부도 부쩍 잘하게 된 형이었다. 그러니 건강하게만 자라다오 하시던 부모님이 욕심을 부리기 시작하셨으리라.

'어쩔까.'

강산도 공부를 등한시 할 생각은 없었다. 좋은 대학을 가고 좋은 회사에 취직하면 부모님도 기뻐하실 일이었다.

하지만 그런 건 적성에 맞지 않았다. 아직까지는 누군가의 밑에서 일하는 것이 마뜩찮았다.

아무래도 일단은 형 뒷바라지나 하면서 천천히 생각해 볼 일이었다.

"얘들아, 간식 먹자."

급식 선생님이 간식을 담은 운반카트를 밀고 들어오셨다.

*   *   *

사주에 보면 도화살이란 것이 있다. 남녀를 불문하고 도화살이 낀 사람은 호색하고 음란하여 일신을 망침은 물론, 집안까지 말아먹는다고 한다.

예로부터 혼인을 할 때는 도화살이 낀 사람을 기피하기까지 했는데, 그나마 사주에 나오는 도화살은 양반이었다.

만혼도화지체(萬魂桃花之體).

한마디로 사주가 아니라 몸 자체가 도화살인 체질이었다. 이 만혼도화지체를 타고난 사람이 무서운 것은 눈빛으로도 사람의 마음을 사로잡을 정도였기 때문이었다.

매력을 넘어 마력을 지닌, 그런 체질을 가진 아이가 바로 이혜정이었다.

3장
키잡의 고수

'쩝. 아쉽군.'

중원의 여자 고수 중에 만혼도화지체인 여인이 있었다. 광음소자와 마찬가지로 자신을 귀찮게 했던 백화옥녀(百花玉女)가 바로 이 체질이었다.

그녀가 이혜정을 발견했다면 참으로 좋아했을 일이었다. 만혼도화지체가 아니라면 그녀의 진전을 이을 수 없었기 때문이었다.

'하아. 그랬던 건가.'

생각해보니 온갖 수모를 다 받으면서도 부득불 곁에 있으려던 두 사람. 지금에서야 그들의 마음을 이해할 수 있을 것 같았다.

그들은 자신을 진정으로 위했던 사람들이었다.

"산아."

이혜정이 다가와 간식으로 나온 바나나 푸딩을 강산의 앞에 내려놓았다.

"이거 좋아하지?"

'어쭈, 요 맹랑한 것이?'

육신만 아이일 뿐, 속은 강호의 절대자요 어른이다. 그런 나를 먹을 거 하나로 꼬드기려 하다니. 참으로 가소롭다. 겨우 이깟 푸딩을 내가 좋아할 리가…….

"바닥 그만 긁고 이거 먹어. 난 별로 안 좋아서."

강산이 과거를 회상하며 무의식중에 푸딩을 다 먹고 바닥을 긁고 있었던 것이었다.

이제 와서 싫어한다고 말해봤자 믿어주지도 않을 일이었다. 자신의 몫을 양보하는 성의를 봐서라도 받아주는 것이 좋아보였다.

'뭐, 맛은 괜찮으니.'

"고마…….."

강산의 눈이 이혜정이 앉아있던 자리로 향했다. 거기에 다 먹은 푸딩 그릇이 하나, 둘, 세 개가 보였다.

혜정이 몸을 움직여 강산의 시선을 슬쩍 가렸다.

"아니, 뭐. 몇 개 먹어보니까 별로더라고."

그걸 보니 그냥 웃음이 나왔다. 그제야 조금은 애처럼 보였다.

"잘 먹을게."

강산이 막 푸딩에 손을 데려는데 강현이 가로막았다.

"산아."

"응?"

"하나 먹었으면 됐지. 더 먹고 싶어?"

형의 눈에 힘이 잔뜩 들어가 있었다. 먹기 싫다고 말해야할 분위기였다.

"왜? 형 먹으려고?"

강현은 동생의 머리를 쓰다듬었다.

"아니. 이건 민혁이 주려고."

"민혁이?"

형이 가리키는 곳을 보니 왜소한 아이가 손가락을 빨고 있었다. 아까 덩치 큰 녀석한테 장난감도 빼앗겼던 애였다.

"현아!"

혜정이 뾰족하게 소리를 쳤다. 그걸 다른 아이들을 챙기고 있던 선생님이 들었다.

"응? 혜정아. 왜 그러니?"

"아니에요, 선생님."

선생님은 잠시 혜정이와 현이를 바라보다 고개를 흔들며 다시 다른 아이에게로 시선을 옮겼다.

'웃기는 녀석들이야.'

두 아이는 다른 아이들과는 달랐다. 선생들 사이에서는 애 늙은이로 통하는 녀석들이었다.

싸움이라도 일어나면 문제가 되겠지만, 두 아이는 티격태 격하면서도 한 번도 싸우거나 말썽을 일으킨 적은 없었다.

오히려 아이들 간에 문제가 일어나면 어른스럽게 말리는 녀석들이었다. 그러다보니 이제는 그냥 그러려니 하는 편이 었다.

선생님이 신경을 돌리자 강현은 자리에서 일어나 민혁이 란 아이에게 다가갔다.

"야, 강현. 그건 내가 산이한테 준거야."

선생님 때문에 목청을 높이지는 않았다. 대신 목소리에 잔 뜩 힘을 주었다.

물론 강현이는 전혀 신경 쓰지 않았다.

"산이한테 주기 전에 민혁이한테 빼앗은 거잖아."

"내가 언제? 난 빼앗은 적 없어!"

빼앗지는 않았다. 그녀가 쳐다보면 아이들이 그냥 줄 뿐이 었다.

"민혁아, 이거 먹어."

손가락을 빨던 민혁이의 두 눈이 휘둥그레졌다. 그러나 그 것도 잠시, 푸딩을 먹고 싶었는지 잽싸게 받아 들고 구석으로 가서 퍼먹기 시작했다.

"저게!"

혜정이가 민혁이를 쫓아가려는 걸 강현이 붙잡았다.

"혜정아."

"왜!"

"너 이러는 거 진짜 나빠."

"뭐?"

"난 이쁘고, 착하고, 요리 잘하는 여자를 만날 거야. 그러니까 넌 안 돼."

이혜정의 표정이 망치로 한 대 맞은 것처럼 풀렸다. 강현은 그런 혜정을 두고 강산의 곁으로 돌아왔다.

'아주 쌍으로 꼴값을 떠네.'

모든 것을 지켜본 강산의 소감이었다.

만혼도화지체의 사람은 다른 이들보다 머리가 영악했다. 대부분이 이혜정처럼 어렸을 때부터 자신의 능력을 적절하게 이용해 먹을 줄 알았다.

그런데 상대가 좋지 않았다.

성취는 얕았지만, 형은 금강현마공을 익히고 있었다.

사람들은 마기를 사악한 것으로 오해하곤 한다. 하지만 그건 사실과 달랐다.

정도에서 쌓는 정기가 맑은 하늘이라면, 마도에서 쌓는 마기는 태풍을 일으키는 하늘이다. 같은 하늘이지만, 고요한 하늘이 정기요, 분노한 하늘이 마기였다.

그로 인해 정도의 고수가 마인이 되는 경우가 일어난다. 동전의 양면처럼 깨달음 하나로 뒤집힐 수 있는 것이다.

정공과 마공은 단지 성질만 다를 뿐이지 기본적으로 같은 기운이란 말이었다.

특히나 강현이 익힌 금강현마공은 마공 중에서도 최상의 것에 속한다. 현묘한 정도의 무공처럼 당연히 사특한 기운에 대항하는 힘이 뛰어났다.

'막장 드라마라던가?'

전생에 처음 환생했을 때 신기한 것 중의 하나가 텔레비전이었다. 한동안은 그 앞에서 죽쳤던 적도 있었다.

여자에게 뺨 맞은 재벌 2세가 이런 여자는 처음이라며 사랑에 빠지는 전형적인 패턴과 지금의 상황이 겹쳐졌다.

과연, 그의 예상대로 형을 좋아함이 분명했다. 멍하니 있던 이혜정이 상처받은 눈으로 닭똥 같은 눈물을 뚝뚝 흘리기 시작했기 때문이다.

'쯧. 여자의 한은 오뉴월에도 서리가 내린다던데. 우리 형 어쩐다.'

형에 대한 걱정에 뭔가 수를 써볼까 싶었는데, 의외의 상황이 벌어졌다.

"으아아아앙!"

갑자기 혜정이 바닥에 주저앉으며 대성통곡을 터트린 것

이었다.

"혜정아!"

깜짝 놀란 선생님이 다급하게 다가와 그녀를 안으며 달랬다.

"왜 그래? 우리 혜정이 왜 울어?"

품에 안겨 서럽게 엉엉 울었다. 그걸 지켜보던 아이들 중에 몇몇도 덩달아 눈물을 글썽였다.

"흐끅. 서, 선생님."

"응. 말해, 혜정아. 왜 울었어? 누가 괴롭혔어?"

"네, 흐끅."

선생님이 혜정의 눈가를 닦아주었다.

"누가? 누가 우리 이쁜 혜정이를 괴롭혔어? 선생님이 혼내줄게. 누구야?"

"흐끅, 강, 강현이가요, 흐끅."

"응? 현이가?"

선생님이 고개를 갸웃했다. 강현이가 아이들한테 뭐라고는 해도 누굴 울리거나 싸운 적은 없었기 때문이다.

"강현이가 저 싫대요! 우아아아앙!"

아무리 체질이니 뭐니 해도, 애는 애였다.

'에휴, 우리 형. 진짜 어쩌누.'

강산이 머리를 부여잡으며 한숨을 푹푹 내쉬었다.

선생님은 혜정이와 덩달아 우는 몇몇 아이들을 달랜 후에 강현이를 따로 불렀다.

"현아."

"네, 선생님."

"혜정이가 싫어?"

"……."

"혜정이는 강현이가 많이 좋다는데. 우리 현이는 왜 혜정이가 싫은 거야? 선생님한테만 살짝 말해주면 안 될까?"

혜정이의 주변에는 항상 아이들이 많았다. 남자아이는 물론이고 여자아이도 혜정이를 쫓아다녔다. 그리고 좋은 게 있으면 혜정이에게 주지 못해 안달이었다.

강현은 그 과정에서 남들이 느끼지 못하는 것을 느꼈었다.

금강현마공으로 인해 기감이 민감해져 혜정이에게서 뿜어 나오는 기운을 감지한 것이었다.

기운은 사기(邪氣)에 가까운 것이었다. 그런 것을 알지 못했고 명확하게 무엇이라고 따질 수 있는 나이가 아니었기에 강현은 그걸 간단하게 정의했다.

"애들한테 삥을 뜯어서 싫어요."

"삐, 삥?"

"네. 친구 걸 뺏는 건 나쁜 짓이잖아요. 나쁜 짓을 하고도 미안해하지도 않아요. 그래서 싫어요."

선생님은 이해가 가지 않았다. 그녀가 보기에 혜정이가 강제로 빼앗는 건 아니었다.

혜정이를 보면 누구나 착하고 예쁘게 본다. 그게 만혼도화 지체의 능력이란 걸 평범한 사람들이 알 리가 없었다.

어쨌거나 생각보다 답은 간단했다.

"현아. 그럼 혜정이가 친구들 거 빼앗지 않고 사이좋게 지내면 너도 혜정이랑 친하게 지낼 거니?"

"그건……."

혜정이를 보면 그냥 기분이 나빴다. 그래서 싫었지만, 선생님의 말씀을 잘 들어야 했다.

"선생님이 말했지? 친구들끼리는 사이좋게 지내야 한다고. 혜정이는 친구 아니야?"

"…네. 알겠어요, 선생님."

"그래. 역시 우리 강현이는 착하구나."

*   *   *

검사는 쉽게 될 수 있는 것이 아니었다.

공부를 열심히 해서 법대를 가야하고 그 어렵다는 사법고시에 합격해야 했다.

어차피 책을 보고 공부를 좋아했던 형이기에 건강과 성격에만 신경 쓰면 된다고 생각했었다. 그래서 마공을 전수하고 놔두면 알아서 하겠거니 했었다.

그런데 아니었다.

"혀니 오빠. 가치 노라여."

"현아. 이거 어떻게 하는 거야?"

"현아."

"오빠."

여자아이들이 갑자기 형에게 들러붙기 시작한 것은 혜정이 때문이었다.

선생님과 상담을 한 이후부터 혜정이가 달라졌다.

딱히 형과 가까이 지내려고 하지는 않았지만, 전처럼 아이들을 몰고 다니며 여왕처럼 행동하지는 않았다.

요즘에는 혼자 있는 시간이 더 많았고, 가끔 우는 아이나 겉도는 아이들을 챙기기만 하고 있었다.

확실히 영악한 아이였다. 무턱대고 형과 가까워지려 하는 대신에 달라진 모습부터 보여주려 하고 있었다. 그게 선생님의 조언일지라도 실제로 행하는 것이 보통은 아니었다.

하지만 그로 인해 아이들의 관심이 형에게로 쏠렸다.

형은 또래 아이답지 않게 어른스럽고 듬직한데다 자상하기까지 했다. 감정에 민감한 아이들은 선생님들이 형을 좀 더 아낀다는 것도 느꼈다.

아이들 사이에서는 선생님한테 인정받는데다가 자신들에게도 잘해주는 형은 최고의 인기남으로 등극하고 말았다.

"난 나중에 현이 오빠랑 결혼할 거야!"

그 결과가 저거다. 여자아이들이 형의 곁에서 떨어지려 하지 않았고 조숙한 녀석들은 결혼 운운한다.

'좋지 않아.'

너무 잘나게 변해 버린 형이었다.

인기가 많다보면 공부에 지장을 줄 수도 있었다. 어쩌면 꿈이 검사가 아니게 될지도 몰랐다.

'형은 검사가 되어야 해.'

검사에 대해서 알아보았다.

그거, 참 좋았다.

이 시대에서 힘은 무력이 아니라 돈과 법이었다. 그래서 검사의 권력은 상당한 수준이었다.

법으로 해결할 수 있는 일은 형이 나서면 되고, 그렇지 않은 일은 자신이 나서면 된다. 그렇다고 예전처럼 무턱대고 힘을 쓰진 않을 것이다. 조용하게, 은밀하게.

'뒤처리는 형이.'

목적이 약간 변질된 감은 있지만, 그 정도 덕은 봐야 하지 않겠는가?

어쨌든 세상이 그렇다면 거기에 맞춰주면 되는 일이었다. 전에는 못했지만 이제는 할 수 있었다.

그러기 위해서 형을 이대로 둘 수는 없었다.

강산은 이혜정에게 다가갔다.

"누나."

해바라기처럼 강현을 바라보고 있던 혜정이 눈을 동그랗게 떴다.

"응? 왜?"

"우리 형아 좋아하지?"

당연히 좋았다. 하지만 막상 현이의 동생이 물어오자 선뜻 대답하기가 망설여졌다.

"에휴."

강산은 한숨을 쉬며 혜정의 곁에 엉덩이를 붙였다.

"우리 형 잘났지? 동생인 내가 봐도 그런데 누나는 오죽하겠어."

"……."

"나도 누나가 형이랑 잘 됐으면 좋겠어. 예쁘고 착한 누나가 나중에 형수님이 되면 얼마나 좋을까."

어린애를 붙잡고 이런 말을 하자니 참으로 못할 짓이었다.

하지만 모든 것은 형을 검사로 만들기 위함이다. 잠깐의 닭살은 훌륭하게 털어낼 수 있어야 한다.

"…형수가 뭐야?"

의외의 물음에 잠시 할 말을 잊었다. 형수를 모르다니.

"형의 부인. 그러니까 형이 아빠면 누나가 엄마가 되는 거지."

그제야 얼굴이 빨갛게 물든다. 생각보다 순진한 구석이…….

'어우, 정신 차리자.'

순간적으로 귀엽다는 생각을 했다. 물론 귀여운 아이가 맞긴 하다. 그게 조금 다른 의미로 귀여워서 문제였지.

"큼. 어쨌든 우리 형아랑 사이좋게 지내고 싶지?"

"응."

"그러자면 이렇게 하면 안 돼."

"왜 안 돼?"

"저렇게 다른 애들이 형 옆에서 알짱거리면 그중에 형이 좋아하는 사람이 생길 수도 있잖아. 누나는 형이 다른 여자애를 좋아하면 좋겠어?"

"아니!"

순간적으로 혜정의 눈이 불타올랐다. 강산이 움찔할 정도로 강렬한 눈빛이었다.

"큼. 그래, 싫지? 그러니까 그렇게 안 되게 만들려면 지금부터 누나가 잘해야 해."

"어떻게 하면 되는데?"

"형이 싫어하는 건 누나가 애들한테 뭘 받아내는 거야. 그러니까 그것만 안 하고 지내면 되는 거야."

"그것만 안 하면 될까?"

"응. 누나도 애들이랑 친하게 지내지 못하니까 싫잖아? 애들하고 친하게 지내면서 누나가 좋은 누나란 걸 보여주면 형하고도 잘 될 거야."

그러니까 애들 관리 좀 하란 말이지. 형이 다른 데 신경을 쓰지 않도록.

"알았어. 그렇게 할게."

반짝반짝 빛나는 눈동자를 보니 진심으로, 아주 많이 형을 좋아하는 게 분명했다.

그런 아이를 이용한다는 것이 조금 양심에 거슬리긴 했다. 그러나 아무런 보상도 없이 이런 일을 시키려는 것은 아니었다.

만혼도화지체를 가진 여자아이는 초경을 넘기기 힘들다. 초경을 할 때가 되면 음기가 가득차기에 양기를 보충하거나 백화옥녀처럼 특화된 무공을 익히지 않으면 죽을 확률이 반이 넘었다.

어지간하면 남이 죽건 말건 상관하지 않을 그였지만, 형을 검사로 만들기 위해서 이번만큼은 신경을 쓸 생각이었다.

'검사 형 두기 참 힘드네.'

강산의 나이 5살. 현대 사회에 필요한 것이 무엇인지 빠르게 깨달아가고 있었다.

*　　　*　　　*

무념무상(無念無想).

난 벽을 넘고 있다.

고통과 인내를 통해 마음의 벽을 넘어 새로운 세상으로 나아간다.

'선재라.'

소림의 금강부동심법 부럽지 않았다. 내 마음은 밝고 깨끗한 거울과 고요한 호수를 닮아가며 명경지수로 접어들었다.

"사나아~"

내 마음의 독경, 마하반야바라밀다심경······.

"소꾸노리 하쟈~ 놀쟈~"

소림 땡중의 불경이 이리도 입에 착 달라붙을 줄이야. 마도인 최초로 열반의 위업을 달성하게 되는 건 아닐는지.

하지만 마도인에게 열반은 허락되지 않는가 보다.

"노라조~ 안 노라조? 지짜? 나 우꺼야! 우, 우아아아앙!"

쩡!

한 순간에 거울이 박살나고 호수가 하늘로 솟구쳤다. 새로운 도전은 그렇게 좌절되고 말았다.

우라질.

"뚝."

"뚝!"

짧은 단발머리 여자애의 커다란 눈에 물방울이 대롱거리고 있었다. 아랫입술을 꽉 깨물고 코를 훌쩍거리는 모습이 금방이라도 다시 울 것 같았다.

형에 대한 일만 처리해 두고 조용히 지낼 생각이었는데, 대체 어쩌다 이리 되었는지.

"어휴……."

강산은 한숨을 내쉬고 대롱거리는 눈물을 닦아주었다. 아이는 그제야 표정을 풀며 웃음을 되찾았다.

'그래, 네가 내 정체성을 지켜준 거다.'

울음만 터트리지 않아도 득도하여 열반에 들었을지도 모른다. 마도인인 그가 득도한다면 사랑했던 남자 친구가 커밍아웃을 선언한 격이랄까?

그런 불상사를 막아준 아이이니 화를 내기도 그렇다. 아니, 애당초 이 아이가 이리 매달리는 것은 자신의 탓이었다.

"하윤아."

"응!"

"선생님."

강산의 말이 끝나기 무섭게 선생님이 수업 시작을 알려왔다.

"우리 산들 반 친구들, 모두 자리에 앉아요."

하윤이가 선생님을 보더니 다시 고개를 팩 돌려 산이를 쳐다본다. 사슴 같은 두 눈에 원망이 그득했다.

"알았어. 다음에 놀아줄게."

"진짜?"

그제야 함박웃음을 지으며 자신의 자리로 돌아갔다.

'내일.'

굳이 말하지는 않았다. 어차피 이번 수업은 오전반 마지막 시간이니까. 하윤이는 오전반만 듣는 아이였다.

신하윤이란 아이는 겁이 많은 울보였다. 누가 소리만 질러도 눈물부터 그렁거리고 귀신이나 괴물 같은 걸 극도로 무서워했다. 낯도 많이 가려서 친구들과 잘 어울리지도 못했었다.

그랬던 아이가 강산을 졸졸 따라다니기 시작한 건, 아이들이 유치원에 점차 적응하며 본성을 드러낼 때쯤이었다.

하윤이는 소꿉놀이를 좋아했다.

그날도 소꿉놀이용 테이블 위에 여러 가지 그릇을 올려놓으며 혼자 얌전하게 놀고 있었다. 그런 하윤이의 뒤로 한 아이가 슬금슬금 다가가고 있었다.

아이의 얼굴에는 괴물 가면이 씌워져 있었다.

'또냐? 녀석.'

산들 반에서 가장 말썽을 많이 피우는 민수란 아이였다. 아이들을 괴롭히지는 않았다. 대신 짓궂은 장난을 많이 치는 녀석이었다. 특히 녀석은 유독 하윤이한테만 더 짓궂게 굴었다.

강산은 그저 그러려니, 피식 웃으며 신경을 껐다.

하윤이는 당근 모형을 들고 고민하고 있었다.

엄마는 당근도 잘 먹어야 예쁘다고 하셨지만, 하윤이는 당근이 싫었다.

딱딱하고 맛도 없었다. 이걸 왜 먹어야 하는지 모르겠다.

"하윤아."

한참 당근으로 고민하던 하윤이였다. 평소라면 민수의 목소리를 듣고 경계를 했겠지만, 지금은 온 정신이 당근에 쏠려 있었다. 아이는 무방비하게 고개를 돌렸다.

"크앙!"

민수가 양손을 번쩍 들며 괴성을 질렀다.

툭

손에 든 당근이 떨어졌다. 그러나 의외로 울음을 터트리진 않았다.

"응? 뭐야? 안 놀랐어?"

민수가 재미없다는 듯이 혀를 차며 가면을 벗었다.

싸아악!

하윤이의 얼굴에 핏기가 가시며 눈빛이 꺼졌다.

놀라지 않은 것이 아니었다. 오히려 너무 놀라 경기를 일으킨 것이었다.

털썩

"어? 하윤아?"

민수가 깜짝 놀라 달려들었다.

"야, 하윤아!"

몸을 아무리 흔들어도 꿈쩍도 하지 않는다. 잔 경련을 일으키며 입에서 거품까지 흘러나오기 시작했다.

"아, 아!"

엉덩방아를 찧으며 뒤로 물러났다.

나, 나 때문에 그런 거야? 왜 그래, 하윤아!

덜덜 떨며 선생님을 부를 생각도 못하고 있었다. 주변의 아이들도 다들 각자 놀기에 바빴다.

"으, 으아아아아!"

너무 겁이 난 민수가 자리에서 벌떡 일어나 밖으로 달려 나갔다.

다음 수업을 준비하던 선생님은 갑작스런 괴성에 깜짝 놀라 고개를 들었다. 민수가 밖으로 뛰쳐나가는 것이 보였다.

"민수야!"

놀란 선생님이 급히 민수의 뒤를 쫓아나갔다.

'뭐야?'

강산은 가만히 눈을 감고 창밖에서 비쳐오는 햇볕을 쬐다가 눈을 떴다.

하윤이의 울음소리 대신 민수의 비명이 울리고 선생님까지 나갔다. 이상해서 고개를 돌려보니 하윤이가 쓰러져 있었다.

강산은 단숨에 하윤이의 곁으로 몸을 날렸다. 경련을 일으키며 눈까지 뒤집어져 있었다.

'경기로군.'

아기의 본분을 다하기 위해 육아책을 독파했다. 책의 내용과 민수가 했던 행동으로 단박에 경기임을 알 수 있었다

조치를 취할 수 있는 선생님이 없었다.

사람을 죽이는 일도 아니었다. 능력이 있으면서 그냥 두고 보는 것도 그의 성격에 맞지 않았다. 강산은 혈을 두드려 응급조치를 취하고 명문혈에 손을 댔다.

내공을 주입해 놀란 기운을 가라앉히고 꼬인 혈을 풀었다. 아직 어린아이인지라 기혈이 상하지 않도록 조심스레 진행했다.

5분 정도 흐르자 경련이 가라앉으며 눈을 스르르 감았다. 뒤로 쓰러지는 아이를 팔로 부드럽게 받아 눕혔다.

'허약한 녀석들.'

자신은 이 나이 때에 지옥으로 들어갔다. 스스로 강해지지 않으면 죽을 수밖에 없는 지옥.

강산은 머리를 흔들었다. 다른 세상이다. 그 잣대를 이곳에 들이댈 수는 없는 일이다. 중원과 같이 생각했다가 실패한 삶은 한 번으로 족했다.

아이를 가만히 내려다봤다. 자신의 기억에 있는 아이들은 하나같이 독기와 살기에 찌들어 있었다. 지옥에서 살아남자면 어쩔 수 없는 일이었다.

하지만 이곳의 아이들은 달랐다.

강산은 입가에 묻은 침을 닦아주었다. 이렇게 보니 귀엽고 예쁜 아이였다.

쓴웃음이 베어 나온다. 아이를 갖자면 못할 것도 없었건만.

"우웅."

하윤이가 몸을 뒤척였다. 그대로 눕혀두고 일어나려는데 소매를 꽉 붙잡는다.

"아빠……."

눈가로 찔끔 흘러나오는 눈물이 그의 감정을 건드렸다.

강산의 손이 어설프게 움직여 눈가를 닦아주고 등을 토닥였다. 다른 손으로는 진기를 주입하며 몸을 좀 더 편하게 해주었다.

잠시 주변을 둘러보니 아이들은 문 쪽으로 우루루 몰려가 있었다. 친구와 선생님이 밖으로 나가자 그쪽으로 호기심이 동한 것이었다.

다시 고개를 내려 하윤이를 바라보았다.

"……!"

눈을 마주친 하윤이의 볼이 발갛게 물들어 있었다.

*   *   *

"후우우."

다음 날부터 하윤이는 강산이의 뒤만 졸졸 쫓아다녔다. 자리도 항상 옆에 앉고 쉬는 시간만 되면 같이 놀자고 떼를 썼다.

형의 여난만 걱정했지, 자신에게 이런 일이 벌어질 거라고는 꿈에도 생각하지 못했었다.

"헤헷!"

하윤이는 눈이 마주치자 웃음을 보였다. 말 그대로 인형 같은 아이였다.

'그래, 다 전생의 업보라 생각하자. 그리고 뭐, 장래가 기대 되니, 크흠.'

아니다. 그냥 딸 하나 키우는 셈으로 치자. 그래, 그렇게 생각하자. 범죄자가 될 수는 없으니까.

잠깐, 범죄? 아니다. 동갑이잖아?

강산의 상념이 걷잡을 수 없이 뻗어 나가려는 것을 다행이도 선생님이 막아주었다.

"산들 반 친구들! 이번 시간은 우리누리와 함께하는 안전교육 시간이에요."

세상이 점차 험악해진다. 각종 사고도 빈번하고 위험의 종류도 다양해졌다.

옛날 어린이들은 호환, 마마, 전쟁 등이 가장 무서운 재앙이었으나, 현대의 어린이들은 무분별한 불법 비디오… 가 재앙일 리가.

그보다는 미성숙하고 이기적인 어른이 재앙이었다. 자신들의 비틀린 욕망과 욕심으로 인해 그들은 짐승만도 못한 죄를 짓고는 한다.

어쨌든, 그런 못나고 덜 자란 어른에게서 아이들을 보호하기 위한 방편으로 안전 교육을 실시했다.

'오늘은 뭘 가르쳐 줄까?'

교통질서부터 재난에 대한 대처법, 함부로 약을 먹지 못하게 하는 교육 등은 그에게도 꽤 도움이 되었다.

평범한 아이들이 취해야 할 바람직한 행동 양식으로 부모님을 기쁘게 해드릴 수 있었기 때문이었다.

'시작하네.'

TV가 켜지고 애니메이션 영상이 흘러나왔다.

[우리누리와 함께하는 안전 교육 프로그램! '싫어요!' 라고 말해요.]

씁쓸하게도 이번엔 성폭력 예방 교육이었다.

강산은 약자를 갈취하고 괴롭히는 놈들을 싫어했다. 특히 여자, 그것도 어린아이를 노리는 변태색마는 혈을 제압하고 그곳을 잘라 고통 속에 죽어 가도록 버려두었다.

마도인은 무력을 숭상하는 자들이다. 단지 빠르게, 누구보다 강해지길 바라는 자들일 뿐이지, 짐승 같은 욕망에 휘둘리는 이들은 아니었다.

가끔 마기에 침식되어 살인마가 되는 경우와 손속이 단호하고 잔인하기 때문에 배척받는 것뿐이었다.

TV를 보는 강산의 눈가가 살짝 일그러졌다.

'아닌데, 저걸로는 부족한데.'

영상에서는 아이들에게 단호하게 싫다는 표현을 하라 가

르치고 있었다.

하지만 그것만으로 아이들의 안전을 보장하기는 어려웠다. 아무도 없는 곳에서 마주친다면 어떻게 할까? 어른의 힘을 아이들이 감당할 수 있을까?

인적이 뜸한 곳으로 다니지 않도록 교육도 하지만, 사람 일이란 건 알 수 없는 것이었다.

'이 세상은 중원만큼이나 미친놈이 많단 말이야.'

전생의 실수를 되풀이하지 않기 위해 뉴스와 신문도 챙겨 보았다. 현대 사회를 이해하기 위함이었지만, 사건 사고도 참 많이 확인할 수 있었다.

그 속에서 얼마나 많은 개놈들을 보았던가. 아니, 그것들은 개보다도 못한 놈들이었다.

"산들 반 어린이 여러분. 잘 보았죠? 나쁜 사람이 나타나면 어떻게?"

"싫! 어! 요!"

"나쁜 사람이 만지려고 할 땐?"

"싫어요!"

"나쁜 사람이 안아주려 할 땐?"

"싫어요!"

에휴. 노래까지 부르며 아이들에게 확실하게 가르치는 것은 좋다만.

강산은 슬쩍 하윤이를 보았다. 저렇게 예쁜 아이는 더욱 위험한 법이었다.

'그래. 챙겨 줘야지.'

강산은 딸이든, 다른 의미가 되든 그냥 두고 볼 수는 없었다.

"마지막으로 잊지 말 것은 어른들께 도움을 구하는 거예요. 도와주세요! 하고 크게 외쳐야 해요?"

"네에!"

선생님은 수업을 마무리하려다 손을 번쩍 치켜든 강산을 보았다.

'어쩐 일이지?'

평소 얌전하고 질문도 하지 않던 아이가 손을 들자 의아했다. 형을 닮아서 그런지 사고도 치지 않는 예쁜 녀석이었다.

아이들을 편애하면 안 된다고 하지만, 선생님도 사람이었다. 강산이가 묻는 거니 잘 대답해 줘야겠다는 생각이 들었다.

"그래, 강산이. 뭐 궁금한 거 있어?"

"네!"

강산은 씩씩하게 대답하며 자리에서 일어났다. 아이들의 초롱초롱한 눈동자가 일제히 그에게 쏠렸다.

"선생님. 만약에 주변에 아무도 없고 나쁜 사람만 있으면 어떻게 해요?"

지금까지 수업을 하면서 한 번도 들어본 적 없는 질문이었다. 아이들이 어리기에 수업을 하면 그냥 그러려니 하는 경우가 많았기 때문이었다.

하지만 선생님은 괜히 선생님이 아니었다.

"그래서 말했지? 사람 없는 곳에는 혼자 다니지 말라고. 항상 부모님, 또는 선생님하고 같이 다녀야 해. 절대 혼자 다녀서는 안 돼."

그러나 강산이도 평범한 아이는 아니었다.

"저희는 애들이잖아요. 언제든지 돌발적인 상황이 발생할 수 있는 건데요. 설마가 사람 잡는다고 하잖아요? 선생님은 그런 일이 없을 거라고 단정하실 수 있으세요?"

그래, 넌 애야. 다섯 살짜리 애라고. 애가 그런 식으로 따져도 되는 거니?

선생님은 당혹스런 상황에 입만 벙긋거렸다.

어차피 선생님을 곤란하게 하려고 나선 것이 아니었다. 강산은 재빨리 앞으로 나서며 말했다.

"선생님. 제가 아빠한테 배운 게 하나 있는데요."

"응?"

어찌 대처해야 할지 난감해하던 선생님의 입장에서 강산의 행동은 매우 시기적절했다.

"우웅, 이건 아무한테나 가르쳐 주면 안 되는 건데……."

게다가 선생님의 심정을 헤아린 강산이 최대한 귀엽게 몸을 꼬며 부끄러운 척을 했다.

'횡재한 줄 아쇼.'

이건 우리 부모님한테만 보여드리는 필살기니까.

선생님의 표정이 슬쩍 풀렸다. 그러면서 과연 강산이네 아빠가 뭘 가르쳐 준 건지 호기심이 일었다.

"강산아. 아빠가 알려준 게 뭔데? 이왕이면 친구들에게도 알려주는 게 좋지 않을까?"

강현과 강산의 아버지인 강창석은 젊은 나이에 중견 기업의 부장이 된 사람이었다. 그만큼 능력도 출중하고 매너도 있었으며 자상한 면도 갖춘 남자였다.

입학식에서 그를 보았던 선생님이었기에 더욱 궁금했다. 그런 남자가 아들에게 가르쳐 준 방법은 무엇일까?

"얘기해도 돼요?"

"그럼."

강산은 방긋 웃음을 내보이고 친구들을 향해 몸을 돌렸다.

"얘들아."

"응!"

"나쁜 아저씨가 나타나면."

"나타나면?"

팡!

강산의 주먹이 강하게 뻗어 나왔다. 대략 15도 정도 위로 뻗은 주먹은 키와 맞물려 어른의 그 부위로 향했다.

"꼬추를 때려 버려. 그런 놈들은 고자를 만들어 줘야 해."

강산아. 설마, 너희 아빠가 그런 걸 가르쳤다고?

선생님은 한번쯤 학부모 면담을 해야 하나 심각하게 고민하기 시작했다.

*   *   *

남자아이들은 좋아하는 여자아이가 있으면 짓궂은 장난을 치는 경우가 많았다. 말을 걸자니 어색하고 좋아하는 감정을 어떻게 표현해야 할지를 모르기에 생기는 일이었다.

민수도 그런 경우였다.

하윤이가 쓰러지고 많이 놀랐었다. 어떻게 할 줄 모르겠어서 무작정 뛰쳐나갔다가 선생님한테 붙잡혔었다.

혼나는 것도 무서웠지만, 하윤이가 잘못되는 것은 더 싫었다. 그래서 민수는 선생님께 모든 일을 다 말했다.

겁에 질려 두서없이 하는 이야기를 선생님은 용케 알아듣고 부리나케 교실로 달려갔다. 그런데 막상 교실에 가보니 하윤이는 멀쩡한 것이 아닌가?

당연히 민수는 꾸중을 들었고 그것이 억울했다. 하윤이가 오히려 자신을 놀렸다고 생각하니 화도 조금 났다.

그래서 어떻게든 다시 골려주려고 했는데…….

"하지 마."

"윽!"

그다음 날부터 강산이란 녀석이 하윤이의 곁에 딱 달라붙어 있었다.

자신이 장난을 치려고 하면 녀석이 방해를 했다. 지금도 몰래 하윤이의 눈앞에 거미 장난감을 던지려고 하는 걸 강산이가 막았다.

딱히 화를 내거나 겁을 주는 것도 아닌데, 이상하게 아빠처럼 어려운 녀석이었다.

"미수 나빠! 강사니 체고!"

하윤이가 강산이의 목에 매달렸다. 민수는 생애 처음으로 질투라는 감정을 느끼고 있었다.

'두, 두고 보자!'

민수의 눈에 아이답지 않은 독기가 반들거리고 있었다.

강산이 딱히 하윤이를 보호해 주려 한 것은 아니었다. 하윤이가 항상 자신의 곁에 붙어 있었기에 민수의 행동을 막았을 뿐이었다.

하윤이의 울음소리는 상당한 고음이었다.

전에는 민수가 움직일라치면 멀찍이 떨어져 내공으로 귀를 틀어막으면 그만이었다.

하지만 하윤이가 그의 곁에 붙어살다시피 하면서 상황이 바뀌었다. 내공으로 귀를 틀어막아도 들러붙어서 울어 재끼면 방법이 없었다.

실제로 한 번 하윤이가 울음을 터트린 적이 있었다. 선생님이 달래려 해도 강산이에게 들러붙어 떨어지지 않았었다.

하지만 강산이 부드럽게 등을 쓸어주며—진기 또한 불어넣었다—달래주니 그제야 울음을 뚝 그치는 게 아닌가?

몇 번 그러다보니 울보 하윤이의 담당은 아예 강산이가 되고 말았다.

'그나저나 저놈도 참 끈질기군.'

강산이 또다시 다가오는 민수를 쳐다보았다.

포기하지 않고 하윤이를 괴롭히려는 행동에 슬슬 짜증이 일기 시작했다. 대체 왜 저리 집요한지 알다가도 모를 일이다.

'오늘은 단단히 혼을 내줘야겠어.'

그동안은 아주 약간의 기세만 피워 올렸다. 아이가 아니었다면 살기를 뿌려댔을 것을 그 정도 선에서 그친 것이다.

이번에는 조금 겁을 줘야겠다. 계속 쫓아내는 것도 이제는 귀찮았다.

놈, 눈물을 쏙 빼주마.

"저기."

강산은 민수를 향해 눈을 부릅떴다. 이전보다 기운을 더 담아 감당하기 버거울 정도의 압박을 주었다.

'무, 무서워.'

강산이의 눈이 괴물처럼 보였다. 온몸이 괴물의 손아귀에 붙잡힌 느낌이 들었다.

그러나 오늘의 민수는 마음을 단단히 먹고 왔다. 절대 이대로 그만둘 수는 없었다.

"가, 강산아."

어라? 이것 봐라? 생각보다 잘 버티네?

"나, 나……."

조금 더 기운을 늘려봐? 아니야. 애한테 그건 좀 심하고. 어쩐다. 그래도 애 하나 마음대로 못하면 존심이 상하는데.

민수는 강산이 고민하는 와중에 있는 힘을 다 쥐어짜냈다. 이를 꽉 깨물고 두 주먹을 불끈 쥐었다.

"나, 나도! 나도 같이 놀아줘!"

의외의 말에 강산의 눈이 가늘어졌다.

지금 얘가 뭐라고 한 거지?

이해가 가지 않았다. 잔뜩 독이 오른 줄 알았는데, 하는 말이 고작 놀아달라는 말이라니. 황당한 상황에 기운마저 빠졌다.

"나도 강산이 너랑 하윤이랑 같이 놀고 싶어. 이제 장난 안 칠 테니까 같이 놀게 해줘. 응? 강산아."

이건 뭐. 아무리 애라지만 자존심도 없는 건가? 대체 이 녀석은 뭐지?

"강산아아! 응? 나도 같이 놀자."

민수는 아예 그의 팔에 매달려 조르기 시작했다.

그제야 떠올랐다. 남자아이가 여자아이를 괴롭히는 경우가 좋아하기 때문이라는 것을.

그러나 그런 행동을 하는 경우는 조금 더 자란 후가 아니었던가? 분명 그가 본 책에서는 초등학교 저학년에서나 나타나는 현상이라고 되어 있었다.

하긴, 언제나 책이 올바른 것은 아니었다.

'자식, 너도 남자구나.'

용기 있는 자만이 미인을 얻을 수 있다고 했다. 자신의 기운을 끝까지 이겨낸 대견한 녀석.

강산은 고개를 끄덕였다. 그리고 말했다.

"안 돼."

"……!"

"못 들었어? 안 된다고. 그러니까 저리 가."

하지만 대견한 건 대견한 거고, 안 되는 건 안 되는 거다.

"하윤아. 너도 싫지?"

"웅!"

일말의 망설임도 없이 하윤이가 고개를 끄덕인다.

그래, 애가 싫다잖아. 절대 내가 내 내공을 들였기 때문에 아까워서 이러는 것이 아니다.

민수의 얼굴이 빨갛게 변했다.

"강산이, 너, 너어!"

부들부들 떠는 모습이 어지간히 분한 모양이다.

훗, 어쩌시게. 한 대 칠래?

가소로웠다. 조그만 녀석이 열 받으면 어쩔 것인가? 뭐, 애가 덤빈다고 진지하게 상대해 줄 마음은 없었다. 적당히 데리고 놀다가 제풀에 지쳐 떨어지게 해 줄 생각이었다.

민수는 참지 않았다. 이번에야 말로 강산이에게 본때를 보여줄 생각이었다.

민수가 두 주먹을 불끈 쥐고 뛰었다.

"우아아아앙! 선생님! 강산이가 하윤이랑 못 놀게 해요!"

뭐, 뭐야 저 놈?

강산의 입이 쩍 벌어졌다. 덤빌 줄 알았는데 선생님한테 쪼르르 달려가 고자질을 한다.

그러나 그게 당연한 일이었다.

아직 5살 아이였다. 누군가에게 상처 받기는 쉬워도 상처 주기는 어려운 나이였다. 잘해야 어른한테 말하는 것이 최선의 자기방어였다.

'하하, 이거 참.'

아이의 몸을 하고 아이들과 어울리고 있었지만, 자신은 아직도 어른의 시선을 버리지 못하고 있었다.

강산은 그날 처음으로 선생님께 꾸중을 들었다.

그날 이후, 민수도 함께 놀기 시작했다. 그리고 그것이 재앙의 시작이었다.

"선생님, 강산이가 안 놀아줘요!"

"민수랑 하윤이랑만 놀아요!"

"강산이가 이거 안 갈쳐 줘요!"

아이들은 하나같이 강산이랑 하윤이의 주변으로 모여들었고 놀아주지 않으면 선생님께 쪼르르 달려가 고자질을 했다.

'대체 얘들이 왜 이래?'

강산이는 몰랐다. 아이들이 그와 하윤이랑 얼마나 친해지고 싶어 하는지를.

아이들이라고 해서 외모를 가리지 않는 것은 아니었다. 싫고 좋고를 떠나서 그냥 잘생기고 예쁘거나 귀여운 아이랑 더 어울리고 싶어 하는 것이었다.

하윤이는 누가 봐도 귀엽고 예쁜 아이였다. 다만 잘 우는데다 민수가 있어서 함부로 다가가지 못했을 뿐이었다.

그러던 차에 강산이로 인해 상황이 변했다.

하윤이가 강산이와 어울리면서 잘 울지도 않고 재밌게 놀았고, 이제는 민수도 거기에 동참하고 있었다.

강산의 영혼은 어른이었다. 더구나 무림의 절대고수였다.

아이답게 군다고 해도 그 기운이 어디 가는 것은 아니었다. 안정적이고 여유로운 기도가 은연중에 풍겨 나왔다.

부모의 품에서 처음으로 떨어져 나온 아이들은 마음이 불안한 상태다. 아무리 부모로부터 심리적 독립을 이뤄가는 시기라고 하더라도 아이란 어쩔 수 없는 것이다.

더구나 아이들은 다른 이의 감정에 민감한 편이었다. 그런 아이들이 강산이의 분위기에 휩쓸리는 것은 어쩌면 당연한 일이었다.

곁에만 있어도 편한 강산이, 하윤이랑도 잘 놀아주는 강산이, 민수랑도 놀아주는 강산이.

그래서 당연히 자기들도 같이 놀 수 있을 줄 알았다. 그런데 안 놀아준다. 조금만 더 머리가 컸다면 따로 자기들끼리 놀았을 것이다. 그러나 애들은 의외로 집요했다.

아이들은 생각했다.

민수가 어떻게 했더라?

고자질 릴레이가 시작되어 버렸다.

"후우우우!"

한숨이 나온다.

결국 또 다시 선생님께 불려갔다.

'강산이 착하지? 그러니까 다른 친구들하고도 사이좋게 지내야 해?'

이제는 다른 아이들과도 놀아줘야 하는 처지가 되었다.

슬쩍 선생님을 바라보았다. 여유롭게 수업 준비를 하시는 선생님이 보였다.

콰직!

손아귀에 쥐고 있던 장난감 블록이 부서졌다.

　강산의 나이 7살이 되던 해에, 그놈이 들어왔다.

　"여러분, 오늘부터 우리 산들 반에서 함께 지낼 친구예요. 대식아, 인사해야지?"

　굵직한 눈썹에 날카로운 눈매의 아이였다. 녀석은 아이들을 쓱 둘러보더니 입을 열었다.

　"문대식이야. 아버지가 권투 선수라서 나도 권투를 배우고 있어. 내 꿈은 세계에서 제일 짱쎈 남자가 되는 거야. 그러니까 너희도 나한테 잘 보이는 게 좋을걸?"

　어라, 이건 또 뭐야?

　강산은 삐딱한 눈으로 건방떠는 녀석을 바라보았다.

　세계에서 제일 짱쎈 남자라면 한 번 해봤다. 그 결과가 어땠는가? 인류의 적이 되어 죽지 않았는가?

　쯧쯧, 허파에 바람만 잔뜩 든 철부지 같으니라고.

　"그럼 대식이는 어디 앉을까. 아, 저기 가서 앉을래?"

　선생님의 말에도 대식이는 꿈쩍도 하지 않았다. 그 대신 한 곳을 뚫어져라 바라보고 있었다. 시선의 끝에는 하윤이가 있었다.

　대식이는 하윤이의 옆자리, 강산이가 있는 곳을 가리켰다.

　"선생님, 저 저기 앉을게요."

　선생님의 얼굴에 난감한 기색이 떠올랐다.

그럴 수밖에 없었다. 하윤이가 강산이를 좋아하고 강산이
도 하윤이를 좋아한다는 것은 모든 선생님들이 알고 있는 사
실이었으니까.

강산이를 보니 역시나, 눈을 게슴츠레 뜨고 있었다.

"저기, 대식아. 빈자리에 앉아야지. 거긴 친구가 앉아 있잖
니?"

"싫어요."

대식이는 고개를 흔들고 성큼성큼 강산이에게 다가갔다.

"비켜. 여긴 내가 앉을 거야."

강산은 물끄러미 대식이를 쳐다봤다.

"어쭈? 내 말 안 들어? 빨리 안 일어나?"

분위기가 심상치 않았다. 이대로 놔두면 강산이는 몰라도
대식이가 무슨 짓을 할지 모르는 일이었다.

'강산이를 때리기라도 하면 큰일이야.'

때린다고 함부로 싸울 강산이는 아니었다. 하지만 강산이
를 때렸다가는 다른 아이들, 특히 하윤이가 가만있지 않을 일
이었다.

선생님은 두 아이를 말리기 위해 다가갔지만, 강산이 한발
빨랐다.

"그래."

쿨하게 말하며 자리에서 일어나 다른 자리로 옮겨갔다.

대식이는 그럼 그렇지, 하는 표정으로 하윤이의 옆에 앉

왔다.

"안녕? 난 대식……."

인사를 미처 다 하기도 전에 하윤이가 벌떡 일어났다. 그러더니 강산이가 옮겨간 자리로 갔다. 거기에 앉아있던 아이는 당연하다는 듯이 일어나 하윤이가 앉았던 자리로 온다.

"어?"

대식이가 어리둥절해하다가 따라 일어나려는 타이밍에 선생님이 수업 시작을 알렸다.

"자, 산들 반 친구들. 새로운 친구도 왔으니까 오늘 하루도 씩씩하게 시작해 볼까?"

대식이는 자유 시간이 되자마자 강산이에게 달려갔다.

"야."

강산이는 삐뚜름하게 대식이를 쳐다봤다.

"왜?"

불끈! 대식이는 주먹을 쥐었다. 그러나 차마 주먹을 휘두르지는 못했다. 아버지가 절대 싸우지 말라고 신신당부했기 때문이었다.

"후우, 너희 둘이 무슨 사이야?"

이거 참. 민수를 정리하고 좀 편하나 싶었는데, 어디서 이런 놈이 나타나선.

강산은 한숨을 내쉬며 고개를 돌렸다. 딱히 그가 상대할 필요도 없었다.

"넌 뭔데?"

대식이는 자신을 무시하는 강산이에게 화를 내려다가 갑자기 들린 목소리에 고개를 돌렸다. 바로 곁에 있던 여자애, 하윤이였다.

"어? 저기, 난 대식이."

인형 같은 아이가 자신을 쳐다보고 있었다. 그런데 지금은 찬바람이 쌩쌩 부는 얼굴이었다. 그것도 예쁘다는 생각이 들었지만 분위기가 전혀 달랐다.

대식이는 자신도 모르게 침을 꼴딱 삼켰다.

강산이는 그것을 보며 속으로 혀를 찼다.

'좀 무서울 거다.'

하윤이는 이미 예전의 울보가 아니었다. 이건 전혀 예상하지 못했던 일이었다.

그간 강산이는 하윤이가 울 때마다 진기를 주입해 진정시켜 주었었다. 그 과정에서 하윤이의 건강은 전과는 비교도 되지 않게 좋아졌었다.

진기를 주입하는 김에 몸속의 노폐물을 태웠으니 그건 당연한 일이었다. 그런데, 거기에 더해 한 가지 효과가 더 있었다.

자신이 지닌 마기가 하윤이에게 영향을 끼친 것이었다.

형인 강현의 금강현마공은 그나마 덜 난폭한 마기가 쌓이는 거였다면, 자신의 천마구궁심법에 의한 마기는 천하제일인이 될 정도로 강력한 마기였다.

그런 마기에 2년간 노출됨으로 인해 하윤이의 성격이 변하고 말았다.

누군가에게 꾸준히, 그것도 몇 년간 진기를 주입해 준 적이 없었다. 그래서 이런 결과가 벌어질 지는 그도 몰랐었다.

그런데 그게 생각보다 괜찮았다.

"누가 이름 물었어? 넌 뭔데 우리 사이를 궁금해 하냐고?"

"그야 네가 좋아서……."

"난 너 싫거든?"

"뭐?"

"너 재수 없어. 생긴 것도 무식하게 생겨서는. 경고하는데, 강산이 내 거니까 건들면 가만 안 둘 거야. 명심해."

성격이 변한 하윤이는 독점욕이 강해졌다. 아이들이 강산이에게 접근하지 못하도록 막기 시작한 것이다.

그게 괜찮았다. 편했다. 본의 아니게 보모 노릇을 하게 됐던 그를 하윤이가 구해준 셈이었다. 그렇게 된 것이 대략 반년 정도 되어가고 있었다.

강산은 새삼 이혜정을 통해 형의 주변을 관리하도록 만든 일이 참으로 탁월한 선택이었다고 생각되었다.

"가자."

하윤이가 강산이의 팔을 잡아끌었다.

대식이는 멀어지는 두 사람을 바라보며 상처 입은 짐승의 표정을 지었다.

문대식의 아버지는 복싱 체육관 관장이었다. 어려서 어머니를 잃었기에 젖먹이 때부터 체육관에서 자랐다. 그러다 보니 체육관 관원들이 대식이를 많이 아낀 것은 당연한 일이었다.

혼나 본 적도 별로 없었던 대식이었다. 나쁜 소리도 들어보지 못했었고 오냐오냐하며 귀하게 자랐었다.

그런 대식이에게 하윤이의 독설은 크게 상처가 될 수밖에 없었다.

"이익! 야! 거기 서!"

화가 잔뜩 난 대식이가 크게 소리치며 두 아이에게로 다가갔다. 그것을 아이들이 놀란 눈으로 바라보았다.

대식이는 눈에 뵈는 게 없었다. 모든 것이 하윤이의 옆에 있는 강산이 때문으로 보였다.

주먹을 들었다. 이대로 강산이를 때려줄 생각이었다.

"너 때문……!"

퍽!

한껏 뒤로 젖힌 주먹을 뻗기도 전에 엄청난 통증이 머리 꼭대기까지 솟구쳤다.

대식의 눈에 얼음장처럼 차가운 얼굴의 하윤이가 보였고, 하윤이의 발이 자신의 사타구니 사이를 걸어찬 모습이 보였다.

눈물이 왈칵 쏟아져 나왔다.

뭐야? 강산이를 때리려 했는데 왜 얘가 나선 거야?

"내 거 건들지 말랬지?"

대식이는 뭐라 말도 못하고 풀썩 쓰러졌다. 너무 아팠다.

지금까지 가만히 지켜보던 강산이는 그냥 지나칠 수 없어 한마디 했다.

"하윤아. 좀 심했어."

"응? 하지만……."

"그건 나쁜 어른한테만 쓰라고 했잖아. 애들이 까불면 정 강이 정도만 차라고 했지?"

"아, 응. 앞으로는 그럴게."

강산이는 하윤이의 머리를 쓰다듬어 주고는 대식이의 곁에 쭈그리고 앉았다. 그러고는 꼬리뼈 부위를 탁탁 두드려 주었다.

"이러면 좀 괜찮아 질 거야."

그러면서 슬쩍 거기가 무사한지 확인했다. 다행이 터지지는 않은 모양이었다.

"아팠지? 앞으론 까불지 마. 사실 나도 가끔은 하윤이가 무서워."

대식이는 강산이 작게 속삭이는 말에 그저 고개만 끄덕일 뿐이었다.

그리고 이유는 모르겠지만, 하윤이가 좋아하는 이 남자애가 어쩐지 조금은 불쌍하게 느껴지고 있었다.

*   *   *

보글보글보글.

김치찌개가 맛있는 향을 풍기며 끓었다. 엄마는 불을 끄고 냄비를 식탁 위에 올렸다.

"여보. 얼큰하게 끓였으니까 먹고 정신 차려요."

"음, 냄새만 맡아도 속이 풀리는 거 같네."

"산이 입학식인데 술을 그렇게 마시면 어떻게 해요?"

"미안. 갑자기 일이 생겨서 어쩔 수 없었어. 산아, 미안하다. 중요한 일이라서 말이야."

강산이의 나이도 이제 8살이 되었다. 유치원을 무탈하게 잘 마치고 이제는 초등학교에 입학할 때였다.

"괜찮아요. 다 먹고살자고 하는 일이잖아요."

부부는 서로를 마주보며 피식 웃음을 터트렸다. 현이 보다는 덜 그러지만, 형제 아니랄까봐 이따금씩 하는 소리가 애늙은이다.

"현아. 앞으로 동생 잘 챙겨줘야 한다."

"네, 걱정 마세요. 제가 산이 잘 챙길게요."

"저도 형 잘 챙길게요."

"응? 여보, 요 녀석 말하는 거 봐봐."

아빠가 산이의 머리를 헝클였다. 엄마는 마지막으로 자신의 밥그릇을 놓으며 식탁에 자리했다.

"뭐 어때요. 그래, 산아. 너도 형 잘 챙겨. 형제끼리는 그래야 하는 거야. 알았지?"

"네!"

두 형제가 동시에 대답을 하자, 그것이 또 좋았는지 부부는 웃음을 터트렸다.

'좋구나.'

난 현재가 좋았다. 적당히 어리광을 부리고 적당히 아는 척하며 사랑받는 삶.

형은 5살 때부터 공부를 시작했다.

엄마가 강제로 시킨 것은 아니었다. 단지 학습지를 형의 책상 위에 올려놓았을 뿐이고, 학습지를 곧잘 풀자 신이 나서서 다른 과목의 학습지까지 준 것이었다.

나한테는 같은 방법을 쓰진 않으셨다. 형이 공부하는 걸 보면서 자연스레 분위기에 휩쓸리도록 신경을 쓰셨다.

뭐, 난 다 아는 내용이라 거들떠도 안 봤지만.

어쨌든 형은 이대로 가면 엄친아는 따 놓은 당상이다. 잘생겼지, 공부 잘하지, 내가 심어놓은 무공 덕분에 운동신경도 좋지. 아, 춤은 그래도 못 추더라.

그래서 이제 한동안은 형에게 신경 쓰지 않아도 된다. 중간에 엇나가는 경우가 생길 때만 바로잡으면 될 일이다.

그러니 이제는 조용히 살고 싶었다. 굳이 사람들의 이목을 끌기도 싫었고 평범하게 살고 싶었다.

…정말, 그러고 싶었다.

*　　*　　*

부모님과 함께 학교에 들어섰다.

"산아. 이제부터 네가 다닐 학교야. 좋지?"

한별 초등학교.

지어진 지 얼마 되지 않은 학교라서 시설도 좋았고 주변 환경도 나쁘지 않았다.

"네."

강산은 가볍게 대답하며 학교를 둘러보았다. 전생의 기억이랑 별반 차이가 없는 모습이었다.

"엄마, 아빠. 전 먼저 교실로 가 볼게요. 이따가 입학식에서 봐요."

"그래, 가보렴. 노래 잘하고."

"네. 산아, 이따가 보자."

"응."

오늘 입학식 때 합창을 한다던가? 그나마 다행이다. 단체 율동 같은 건 아니라서.

"우리도 가자. 강당은 저쪽이다."

푹신푹신한 인조잔디를 밟으며 강당으로 향했다. 주변으로 많은 학부모가 아이들의 손을 잡고 움직이고 있었다.

그리고 그중에는 아는 사람도 있었다.

"저기 하윤이 아니니? 어쩜, 멀리서도 한눈에 알아보겠네. 하윤이 엄마!"

선화의 부름에 모녀가 이쪽을 바라보고 다가왔다.

"하윤이 엄마, 오랜만이에요."

"네, 강산이 엄마도 잘 지냈어요?"

"호호, 저야 늘 그렇죠."

"강산이 아빠도 오랜만이네요."

"오랜만에 뵙습니다, 하윤이 어머니."

어른들의 인사가 끝나자 강산이와 하윤이도 인사를 했다.

"안녕하세요."

부모들은 아이들의 인사를 흐뭇하게 받았다. 예쁜 아이들이었고 묘하게 잘 어울렸다.

"일단 강당으로 가시죠."

강창석의 말에 사람들은 걸음을 옮겼다. 하윤이는 자연스럽게 강산이의 곁에 붙으며 소매를 붙잡았다.

"부군께서는 좀 차도가 있으신지 모르겠네요."

"많이 좋아졌어요. 요즘에는 조금씩 말문도 트였고요."

"그거 다행이네요."

하윤이의 아빠는 젊은 나이에 뇌졸중으로 쓰러졌다. 그나마 산재처리가 되어서 생활에 큰 부담은 없었지만, 다른 집안에 비해 형편이 어려운 것은 어쩔 수 없었다.

"하윤이가 고생이 많았죠."

그녀의 눈에 눈물이 고였다.

아빠를 유독 잘 따르던 아이였다. 뇌졸중으로 쓰러진 이후로는 그 곁에서 한시도 떨어지려 하지 않았다.

그대로 둘 수는 없었기에 어려운 형편에도 유치원을 보냈다. 유치원에서도 아이들하고 잘 어울리지 못할까 걱정이 많았었는데, 강산이를 만나고는 부쩍 밝아진 딸이었다.

"강산아, 앞으로도 우리 하윤이 잘 부탁해. 알았지?"

*　　　*　　　*

"부탁해요, 선생님."

하윤이가 커다란 눈망울로 애처롭게 말한다.

"이거 참."

3반의 담임 선생님은 곤란한 얼굴이 되었다.

반 배정은 무작위로 이루어지고 학교 폭력 같은 아주 특별한 사유가 아니라면 변경될 수 없었다.

"선생님, 죄송해요. 하윤아, 그만해. 그래도 바로 옆 반이니까 자주 볼 수 있잖니."

"하지만 강산이랑 떨어지기 싫단 말이에요."

강산이의 팔을 쥔 손에 힘을 더한다.

"하윤아, 착하지? 하윤이가 이러면 선생님이 곤란해요. 산아, 옆 반이니까 하윤이랑 자주 놀아줄 거지?"

"네. 제가 하윤이 잘 챙기고 할게요."

"산이 말 들었지?"

"…네."

하윤이 엄마는 애틋한 눈으로 딸을 바라보았다. 그나마 같은 학교라서 다행이었다.

이런 경우가 아예 없는 것은 아니었다. 유치원에서 정이 들어 떨어지기 싫어하는 아이들은 종종 있어 왔다. 그래도 시간이 지나면 다들 익숙해지는 일이었다.

선생님은 몸을 낮춰 하윤이의 어깨를 토닥였다.

"하윤아. 일단 입학식은 산이랑 같이 해. 대신 다음부턴 이러면 안 된다?"

"네!"

환하게 웃는 모습이 참 예쁜 아이였다. 애들이 다 귀엽긴 해도 하윤이 같은 아이는 오랜만에 보는 선생님이었다.

"어머니. 산이 담임 선생님께는 제가 잘 말씀드릴게요. 그러니까 걱정하지 마시고요."

"죄송해요, 선생님."

"아니요, 괜찮아요. 애들이 그럴 수도 있죠."

선생님의 손에 이끌려 2반으로 간 산이와 하윤이는 빈자리에 앉았다.

"하윤아, 그럼 입학식 끝나고 보자."

"네!"

선생님이 3반으로 돌아가자 환하게 웃던 하윤이의 미소가 씻은 듯이 사라졌다.

"산이랑 같이 못 있게 하는 어른은 나쁜 어른인데."

"하윤아. 선생님은 나쁜 어른 아니야."

"그래도."

"원래는 안 되는 건데 이렇게 같이 있게 해주셨잖아. 그런데 나쁜 어른이야?"

"그건 그렇지만."

"어? 산아, 하윤아!"

뒤늦게 빈자리를 찾아 들어오던 아이가 둘을 보고는 반가워했다.

"대식아, 너도 2반?"

"응. 우리 셋이 같은 반이네? 잘됐다."

갑자기 주변의 기온이 싸늘하게 가라앉았다.

"딸꾹."

하윤이의 차가운 시선과 마주친 대식이 딸꾹질을 터트렸다.

강산이는 그런 대식이의 등을 토닥여 주었다.

"어? 뭐야? 우리 넷이 같은 반인거야?"

뒤늦게 나타난 민수가 차가운 공기에 액화질소를 뿌려 버렸다.

4장
형아야, 이건 아니지!

전생에 형은 힘도 없으면서 소위 말하는 일진이란 아이들 한테 입바른 소리를 하다가 왕따를 당했었다.

공부를 잘하고 선생님들의 관심을 받았기에 그 정도였다. 그러나 나중에는 왕따로 모자라 집단 린치를 당했고, 강산은 그에 격분하여 학교를 발칵 뒤집어 버렸었다.

힘없는 정의는 무능이라 한다.

형의 생각은 정의롭고 올발랐지만, 그것을 관철시킬 힘이 없었다. 그래서 그 힘을 주었다. 적어도 당하지는 않도록 말이다.

그런데 형은 한발 더 나아갔다.

"형이 3학년 짱이라고?"

"응. 멋지지?"

이미 유치원 때 콩깍지가 씌었던 혜정이 자랑스럽게 말하며 웃었다.

"우와, 진짜요? 형이 짱? 멋지다!"

장차 세계에서 제일 강한 남자가 꿈인 대식이가 호들갑을 떨었다. 민수도 눈빛을 빛내며 강현을 쳐다본다.

유일하게 아무런 반응도 보이지 않는 것은 강산이와 하윤이었다. 아니, 산이는 오히려 속으로 한숨을 내쉬었다.

'형이 일진이라니.'

우두머리가 된다는 것은 나쁘지 않았다. 이 세상에서 학교 일진이라는 것이 사파 녀석들과 진배없다고는 해도, 강산의 입장에서 본다면 애들 재롱 수준일 뿐이다.

어쨌든 형이 그런 일진이 되었다는데 한숨이 나오는 것은 어쩔 수 없었다.

"형, 괜찮아?"

"응? 뭐가?"

"형이 일진이면 오히려 애들 괴롭히지 못하게 할 거 같은데. 그러면 5, 6학년 형들이 가만있으려나?"

강현이 어울리지 않는 씁쓸한 미소를 지었다.

세상에, 벌써 철이 들은 건가?

하긴. 사람은 고통 속에 성숙해진다고 한다. 밤마다 고문과도 같은 추궁과혈을 받은 형이다. 아무리 기억하지 못한다고 해도 잠재의식 속에서 영향을 끼쳤을 법했다.

"형이 알아서 할게. 넌 공부나 열심히 해. 누가 괴롭히면 형한테 말하고."

혜정이를 보니 얘도 얼굴에 그늘이 진다. 생각보다 뭔가 심각한 상황 같았다.

'감히 우리 형을 건든다 이거지?'

형은 쭉쭉 나아가야 한다. 그래서 검사가 되어 가족이 잘 먹고 잘사는데 일조를 해야 했다. 거기에 조금이라도 방해하는 녀석들은 자신이 치워줘야 했다.

'그나저나 찝찝한데.'

애들 혼내주는 거야 일도 아니었다. 그러나 무언가 중요한 것을 잊고 있는 기분이 들고 있었다.

*   *   *

중원에서 정파 놈들보다 더 싫어했던 것이 사파 놈들이었다.

약자에 강하고 강자에 약한 놈들, 이익을 위해서는 부모도 팔아먹을 쓰레기들이 바로 사파였다.

그에 비하면 마도인은 어떤가?

약자를 정파처럼 보호하겠다고 설치지는 않지만, 사파처

럼 먹이로 여기지도 않는다. 그저 무시할 뿐.

대신 강자에게 끊임없이 도전하는 이들이 바로 마도인이었다. 자신의 강함을 증명하는 것만이 무의 길을 걷는 마도인의 목적이었다.

그런 강산이 보기에 저 앞에 있는 녀석들은 사파라고 보기도 어려웠다. 그냥 어설픈 사파 흉내나 내는 꼬꼬마들이다.

그런데 그중에 한 놈이 낯이 익었다.

'아, 저 시키.'

심술보가 덕지덕지 붙어 있는 녀석은 기억에 있었다. 형을 가장 많이 괴롭혔고 집단으로 때릴 때도 가장 앞장섰던 놈이었다.

마음 같아서야 오지게 패주고 싶었다. 그러나 그랬다간 전생과 다를 바가 없었다.

강산은 빠르고 조용하게 움직였다. 아이들이 눈치채지 못하게 움직이는 것쯤은 손바닥 뒤집기다. 지형지물을 이용해 최대한 가까이 접근한 그의 손에는 캠코더가 들려 있었다.

그는 캠코더를 이용해 상황을 녹화하기 시작했다.

"야, 겨우 이거야?"

"그, 그게 엄마가 돈을 안 줘서……."

"그럼 몰래 지갑에서 훔쳐서라도 가져왔어야지!"

"미안."

"미안하다면 다야? 엉? 미안하다면 다냐고?"

찰싹, 찰싹.

돈을 뜯기던 아이는 뺨을 맞으며 뒤로 물러섰다. 눈에는 눈물이 글썽거리고 있었다.

"다음에는 제대로 해. 안 그럼 알지?"

주먹을 들이밀며 으르렁거리자 아이가 사색이 되어 고개를 끄덕였다.

"꺼져. 다음."

기가 막힌 놈들이었다. 차례를 기다리는 아이가 아직 서너 명 정도 더 있었다.

한심한 녀석들. 차라리 덤벼라.

생각은 그리해도 기대하지는 않았다. 처음 꼬리를 말면 그걸로 끝이었다. 잘못된 관계를 바로잡는 일은 어른이라 해도 쉽지 않은 일이었다.

녀석들이 협박을 하고 돈을 갈취하는 장면을 고스란히 캠코더에 담은 강산은 유유히 자리를 떠났다.

'최대한 모아주지.'

이걸로 끝낼 생각은 없었다. 상습적이고 반복적으로 행했다는 증거를 잡아야 빼도 박도 못한다.

솔직히 번거로운 일이었다. 그냥 깔끔하게 진정한 공포를 보여주는 방법도 있었다.

그러나 그건 세상에 적응해 보겠다는 계획에 위배가 되었다. 귀찮더라도 이곳의 법대로 하는 게 나았다.

'그나저나 괜찮겠지?

대식이와 민수한테 하윤이를 맡겨 놓았다. 중요한 일이라고 충분히 설득은 했지만 아무래도 불안했다.

종소리에 맞춰 늦지 않게 교실에 들어선 강산은 대식이와 민수부터 살폈다. 다행이 보기에는 아무런 이상도 없는 것 같았다.

"얘들아. 별일 없었지?"

두 아이가 고개를 팩 돌려 산이를 쳐다봤다.

"어? 왜 그래? 무슨 일 있었어?"

민수가 뭔가를 말하고 싶어 벙긋거리다가 입을 꾹 다물더니 고개를 돌린다. 대식이도 마찬가지였다.

'이 녀석들 뭐야?

*   *   *

증거 수집은 순조로웠다. 녀석들이 하는 이야기도 잘 들리게 녹화가 되었다.

강산은 가벼운 마음으로 교실로 향했다.

"흑, 흑."

"뚝! 남자애가 그런 걸로 울어?"

"야, 그래도 이건 너무 아파."

"허약해서는."

"하윤아. 왜 이런 걸 연습해?"

"왜긴? 강산이랑 아주버님 괴롭히는 놈들 있으면 혼내주려고 그러지."

"에? 아주버님?"

"남편의 형을 그렇게 부른데."

"아, 그, 그래. 참, 하윤아. 그럼 아예 우리 체육관 다닐래? 권투 배우면 짱 쎄질 수 있어."

"너, 나 이겨?"

"…아니."

강산은 차마 교실 문을 열 수가 없었다. 하는 이야기만으로도 무슨 일이 벌어지는지 눈에 선했다.

그러고 보니 요즘 아이들 사이에서 3반에 마녀가 있다는 소문이 돌던데, 그게 하윤이였던 건가.

"그만하자. 산이 올 때 됐다. 넌 얼른 가서 씻고 와. 산이한테 이르면 알지?"

"으응, 알았어."

"니들도 말하면 혼날 줄 알아?"

"어!"

"응."

반 아이들이 대답하는 소리가 들리고 뒤이어 사람이 나오는 기척이 났다. 강산은 얼른 몸을 피했다.

훌쩍거리는 민수가 교실에서 나와 화장실로 향하고 잠시

뒤에 하윤이가 나왔다.

차가운 표정에 도도한 모습의 그녀가 지나가자 아이들이 자리를 비켜주는 모습이 인상적이었다. 평소 강산이와 어른들 앞에서 해맑게 웃는 얼굴이 아니었다.

'그래. 내 여자라면 저 정도는 되어야지.'

…흐뭇해한다.

*　　　*　　　*

두 친구의 희생으로 3달에 걸친 증거 수집이 끝을 보였다.

다행이도 그간 형에게 무슨 일이 벌어지지는 않았다. 평소처럼 학교를 다녔고 자신과도 잘 놀아줬다.

'오늘까지만 하고 이제는 다음 단계다.'

전생에 하도 사고를 많이 쳐서 이런 일들에 대해서는 잘 알고 있었다. 다음으로 그는 피해 입은 아이들을 찾아가 진술서를 받을 생각이었다.

사실 진술서를 쓰고 일이 크게 번지면 아이들에게도 좋지 않은 영향을 끼치는 경우가 허다했다.

하지만 강산은 거기까지 봐줄 생각은 없었다. 당한 아이들은 그의 입장에서는 무시해도 좋을 약자였다. 녀석들은 그저 강자에게 굴복해 미래를 포기한 한심한 녀석들이었다.

약한 녀석은 봐줘도 비굴한 녀석들은 봐줄 수 없었다.

'응? 저건 형이잖아?'

평소처럼 몸을 숨기고 촬영을 하려는데 그곳에 형이 나타났다.

"야, 강현. 어서 와라."

얼굴에 심술보가 가득한 녀석이 강현을 반겼다.

"형, 어쩐 일이세요?"

"연기 좀 그만해라. 여기 우리밖에 없어."

놈들이 형한테 위해를 가한다면 증거고 뭐고 박살을 내버리겠다고 다짐하던 강산의 귀에 믿을 수 없는 말이 들렸다.

"씨팔. 어지간하면 부르지 말랬지?"

"야, 화내지 마. 이번엔 어쩔 수 없었어."

"뭔데?"

"얼마 전에 혜정이가 나한테 찾아왔었어."

강현의 눈이 날카로워졌다.

"오해하지 마. 털끝도 안 건드렸으니까. 단지 혜정이가 찾아와서 우리한테 그러더라고. 더는 애들 괴롭히지 말라고. 안 그러면 선생님한테 이르겠대."

"그래봤자 소용없잖아."

"물론 그렇기야 하지. 우리 아빠가 누군데. 그래도 네가 좀 말려주라. 엄마가 알면 잔소리 들어야 한단 말이야."

강현이 한숨을 내쉬었다.

"알았어."

"고맙다. 그리고 이거."

심술보가 봉투 하나를 내밀었다.

"이달 상납금. 조금 줄었다. 요즘 애들이 말을 안 듣네."

"그래도 애들 막 때리진 마. 그랬다가 꼰지르는 새끼 있으면 피곤하니까."

"알았어. 걱정 마."

모든 상황을 지켜본 강산의 눈이 벌겋게 물들었다.

'이게 뭐야?'

검사가 되라고 기껏 무공까지 익히게 해 놓았더니, 한다는 짓이 이거라니.

정파의 탈을 쓴 사파 놈들이 있었다. 겉과 속이 다른 시커먼 놈들. 정파보다 싫은 게 사파라면, 알게 되는 즉시 멸문시켜 버리는 것이 정파의 탈을 쓴 사파였다.

지금 그 짓거리를 형이 하고 있었다. 그 좋은 머리를 가지고 말이다.

강산은 숨어 있던 곳에서 몸을 일으켰다.

"이런 대가리에 피도 안 마른 잡것들이."

아이들이 깜짝 놀라 강산을 바라보았다. 강현은 동생의 등장에 얼굴이 딱딱하게 굳었다.

"강산아."

우둑, 우두둑.

강산은 몸을 풀었다. 어지간하면 평화적으로다가, 법적으로다가 해결을 하려 했는데.

"동생이냐?"

"응."

"헐이다. 알아서 잘 해결해라. 우린 갈게."

심술보와 다른 아이들이 자리를 뜨려했다.

강산은 곧바로 캠코더를 틀었다. 지금까지 아이들이 말한 내용이 캠코더에서 흘러나왔다.

"다들 동작 그만. 한 놈이라도 돌아가면 이거 그대로 선생님께, 아니지. 경찰서로 가지고 간다."

"뭐야 저 새끼? 야, 강현아."

"닥쳐."

강현의 말에 심술보가 꿀 먹은 벙어리가 되었다. 그건 다른 아이들도 마찬가지였다.

"산아. 그거 내놔."

"싫어."

"산아."

"형. 형이 뭐라 하느냐에 따라 어떻게 할지 결정하겠어. 말해봐. 지금 이게 뭣하는 짓거린지."

강현은 강산의 고집스런 눈동자를 바라보다가 한숨을 내쉬었다.

"네가 아직 잘 몰라서 그러는데. 공부 잘하고 부모님, 선생님 말씀만 잘 듣는다고 다가 아냐. 약자는 평생 약자일 수밖에 없어. 뒤집을 수 없는 것이 사회야. 그래서 난 약자보다 강자가 되기로 했어."

이 무슨 자다가 봉창 두드리는 소리인가. 10살 어린애에게서 나올 수 없는 소리였다. 이놈의 세상은 어린아이가 이런 생각까지 갖게 만들고, 대체 어찌 돌아가는 것인지.

강현이 신문과 뉴스에 관심을 갖고 요즘에는 어려운 책들까지 본다는 건 알았다. 그래서 머리에 든 것이 많다는 건 이해할 수 있었다.

그러나 그렇게 알게 된 지식은 죽은 지식이다. 직접 세상과 부딪혀 보지도 않고 결론을 내리는 일은 위험하다.

중원에서 영문도 모른 채 마도인은 악이라 배운 정파의 후기지수들이 얼마나 많았던가. 그로 인해 애꿎게 죽은 자들이 말도 못할 정도로 많았다.

형과 같은 생각을 가졌다고 해서 목숨을 잃지는 않을 것이다. 그러나 이미 정신은 죽은 셈이었다. 정신이 죽은 자는 발전이 없었다.

앞으로 나아가야 할 때에 썩은 물에 몸을 누이면 같이 썩을 뿐이었다. 치열하게 살아온 강산의 입장에서는 절대 용납할 수 없는 일이었다.

"형, 아무래도 안 되겠다."

강산은 감춰두었던 마기를 풀어냈다. 아이들은 무서운 기운에 석고상처럼 굳어 버렸다.

"때로는 사랑의 매도 필요한 법이래."

이번 기회에 확실하게 정신을 뜯어고쳐 주마!

강산은 단지 한 걸음 디뎠을 뿐이었다. 그리고 그 한 걸음은 전혀 예상치 못한 상황을 불러왔다.

주르륵

아이들의 가랑이 사이가 젖어들었다. 이내 바지 사이로 물이 흘러 신발까지 적셔 버렸다.

일반인들이 마기에 노출되면 극심한 공포에 이성이 마비된다. 심한 경우 미쳐 버리는 일도 종종 발생했다. 하물며 중원을 평정했던 강산의 마기는 오죽할까?

우뚝, 걸음을 멈추고 마기를 거뒀다. 그러나 너무 늦어 버렸다.

털썩, 털썩.

눈을 까뒤집으며 기절하는 아이들. 강현이 아니었다면 우두머리였을 심술보도 예외는 아니었다.

유일하게 이를 악물고 버티고 있는 사람은 금강현마공을 익힌 형뿐이었다.

'이런 제기랄.'

그나마 예전만 한 성취가 아니라 다행이었다. 만약 그랬다면 눈앞의 아이들은 비명횡사를 당하고 말았을 것이었다.

강산은 형을 바라보았다. 부들부들 떨면서도 꿋꿋하게 버티고 있는 것이 용했다.

"산아, 너 지금……."

"시끄러."

강현은 동생의 무서운 눈초리에 말을 삼켰다.

강산은 아이들을 챙기기 시작했다. 하나하나 끌어다가 벽에 기대어 놓았다. 그리고 그들의 들끓는 기혈을 진정시키며 말했다.

"형은 강자가 뭐라고 생각해?"

"…뺏는 사람."

저리 말할 줄 알았다. 형이 했던 이야기는 그런 맥락이었으니까.

"뺏으면 그걸로 끝일까? 형보다 더 강한 놈한테 빼앗길 텐데? 그럼 형은 강자일까, 약자일까?"

"그, 그럼 그보다 더 강한 사람이 되면 되지."

"그게 가능해? 뒤집을 수 없는 게 사회라며."

"무조건 뺏으면 되잖아."

이를 악문 강현이 억지를 부렸다.

"뺏는다라. 좋아. 그럼 형은 범죄자가 강자라고 생각해?"

"범죄자?"

"남의 걸 뺏는 건 범죄지. 강도, 도둑이라고. 그런 쓰레기들이 강자라고?"

"난 아니야!"

"뭐가 아니야? 애들 거 뺏었잖아. 애들이 자진해서 준 거야? 형 돈 쓰라고 부모님이 용돈 주는 것처럼 줬어? 아니지? 애들 시켜서 빼앗았잖아. 게다가 형은 아무런 상관없는 것처럼 착한 척하고 있었지. 그건 또 사기꾼이고."

강현은 씩씩거렸다. 화가 났지만 딱히 반박할 말이 없었다.

"참나. 헛똑똑이야, 형은."

아이들에게 조치를 끝낸 강산이 형 앞에 섰다.

"뺏는 거 좋아. 나쁘지 않아. 그러나 그 대상, 상대가 틀렸고 방법이 잘못됐어."

그도 중원에서는 빼앗았다. 산적, 수적의 것을 빼앗았고 사파의 것도 털었다.

그래, 힘이 있으면 빼앗을 수도 있다. 그러나 그 상대가 아무런 죄도 없는 평범한 사람이라면 문제가 있다.

"이왕 뺏으려면 있는 놈들 거, 나쁜 놈들 걸 뺏어야지."

"세상은 그렇게 호락호락하지 않아."

쯧, 어디서 들은 건 있어가지고. 그러면 뭐하나. 하는 말이 죄다 모순투성이인데.

그래도 적당히 수준에 맞게 장단은 쳐줘야 했다.

"물론 그렇지. 그래도 어디에나 기회는 있고 방법은 있는 법이야. 형은 그 방법이 뭔지 궁금하지 않아?"

"방법이 있다고?"

"그래. 사회를 그렇게 만든 놈들이 좋아하는 법. 그걸 이용해서 뺏으면 되지."

"법?"

"검사가 되면 되는 거야. 검사가 되어서 남의 피눈물로 제
배를 채우는, 형이 강자라고 생각하는 도둑놈의 새끼들을 벗
겨먹으면 되는 거야. 물론 그것도 쉬운 일은 아니야. 검사라
고 만능은 아니니까. 하지만 형은 혼자가 아니잖아."

강산은 자신의 가슴을 탁 쳤다.

"내가 있잖아. 그리고 쟤들 보이지?"

쓰러져 있는 아이들을 가리켰다. 강현은 아이들을 보고 침
을 꿀꺽 삼켰다.

후우, 내가 뭐하는 짓인지.

강산은 최대한 강현이 알아듣기 쉽게 설명을 하고자 노력
했다. 그런데 말하다 보니 참으로 쑥스럽고도 닭살 돋는 말만
하고 있다.

그러나 어쩌랴. 형이 알아듣기 쉽게 설명을 하려면 이래야
할 거 같은데.

"보니까 형은 타고 났어. 저 녀석들 부리는 것만 봐도 그렇
고. 난 그런 건 못해. 그런 건 형이 해. 대신에 난 형이 못하는
걸 해줄게."

"뭘… 할 건데?"

"검사의 힘으로 해결 안 되는 건 나한테 맡겨."

"진짜 그러면 될까?"

"응. 형은 그냥 열심히 공부해서 법대 가고, 사법고시 보고, 검사 해. 썩어빠진 사회를 뒤집고 싶어? 까짓것 뒤집어 보지. 형이랑 나랑 힘을 합치면 못할 일이 뭐가 있겠어?"

그러니까 닥치고 검사나 되라고, 쫌!

고민을 거듭하던 강현이 이내 결심을 굳혔다.

"검사 할게."

전생에는 검사가 꿈이었던 형이다. 뭔가 전후가 뒤바뀐 듯해도 어쨌든 검사가 되겠다고 한다.

'좋은 게 좋은 거지.'

형이 뭘 해도 상관은 없었다. 하고 싶은 걸 하게 해주는 것도 동생 된 도리였다.

그러나 이왕이면 검사를 해야 한다.

썩어빠진 사회를 뒤집는다, 말은 그리 했어도 강산은 그럴 생각이 전혀 없었다. 잘 먹고 잘살기 위해서는 권력이 필요하기 때문에 검사를 하라는 것이었다.

'내가 무슨 정파인도 아니고.'

정의를 부르짖는 정파놈들. 그렇다고 해서 세상이 나아졌는가?

아니다. 사람 사는 세상은 다 거기서 거기였다. 전생에서처럼 날뛸 이유는 하나도 없었다. 모난 돌이 정 맞는다고 주변 사람들을 위험에 내몰 수는 없었다.

그저 내 가족과 행복하게 살면 그만이다.

난 검사가 되어서 벗겨먹으라고 했지, 사회 정의를 구현하라고는 안 했다.

"좋아. 그럼 앞으로 열심히 공부하면 되는 거고. 자, 이제 아까 하려던 거나 마저 할까?"

"응? 뭘?"

"사랑의 매."

그리고 오늘의 다짐을 잊지 않도록 뼛속까지 새겨주는 일.

"사, 산아."

"지금까지 부모님과 날 속이고 잘도 이런 짓거리를 했겠다? 다시는 그럴 생각 들지 않게 해줄게."

강산의 전신에서 다시금 마기가 스멀거리며 흘러나왔다.

"산아, 나 형이야. 형!"

"응, 형이니까 이러지."

위기를 느낀 강현의 몸에서 금강현마공으로 쌓인 한 줌의 내공이 움직였다. 살기 위한 본능이 형의 한계를 뛰어넘게 만들었다.

'호오.'

운기도 하지 못하던 형이 내공을 움직이다니. 역시 사람은 위기를 겪어야 한다.

하지만 뛰어봐야 부처님 손바닥 안이다. 강산은 간단하게 형의 마혈을 짚어 도주를 차단했다.

"뭐야, 이거 뭐야!"

몸이 꿈쩍도 하지 않았다. 강현은 두려움이 벌컥 밀려들었다. 무언가 익숙한 느낌이었다.

"설마 너!"

강산은 형의 아혈까지 짚어 말을 못하게 만들었다.

"흠. 눈치챘어? 그래, 밤마다 내가 형을 아프게 한 거 맞아. 그런데 그거 몸에 되게 좋은 거야. 형이 짱을 먹을 수 있었던 것도 다 그 덕분이야. 어때, 나 대단하지? 그러니까 내 말대로 검사 하는 거다?"

강현의 눈이 알겠다고, 그만하라고 애원한다.

그러나 이 기회에 형을 단단하게 다잡아두기로 마음먹은 강산이었다. 그의 손은 거침없이 움직여 12개의 혈을 짚었다.

"분근착골이란 거야. 매우 아플 거야. 이 고통을 확실하게 기억해 둬. 난 잘못을 하면 형이라고 해도 봐주지 않아."

말은 그렇게 해도 봐주는 중이었다. 36개의 혈을 짚지 않고 12개의 혈만 짚었으니까.

그래도 끔찍하게 아플 것이었다. 심하다 느낄지도 모르겠지만, 자고로 형은 엄하게 키워야 하는 법이었다.

*   *   *

강산은 베란다에 나와 하늘을 올려다보았다. 새카만 밤하늘이 그의 마음을 답답하게 했다.

"공기도 더럽고. 별을 보자면 안력을 돋워야하니, 원."

현대 문물은 그에게도 신기한 것들이 많았었다. TV, 컴퓨터, 게임기, 자동차 등등.

그러나 마음이 답답할 때면 무엇으로 풀어야 할지 막막한 곳이 지금의 세상이었다.

무공은 사라져 겨뤄볼 이도 없었다. 사람들이 밤낮으로 돌아다니는 탓에 중원에서처럼 경공을 펼쳐 동쪽 끝에서 서쪽 끝까지 미친 듯이 달릴 수도 없었다.

물론 그리해도 문제는 없었다. 사람들이 그를 알아차릴 확률은 극히 적었으니까.

그러나 굳이 그렇게까지 하고 싶지는 않았다.

'앞으로 뭘 하지.'

법은 형이 담당할 테니 됐다. 그렇다고 무력을 담당할 수는 없었다.

그는 대부분의 마도인이 그렇듯이 숨어서, 뒤에서, 몰래 검을 휘두르는 짓 따위는 하지 않았다. 그것은 마도인이기 이전에 무인의 자존심이기도 했다.

그 덕에 전생에서 모든 걸 잃었었다. 그러니 무력은 논외로 쳐야 하고, 남는 것은 돈이었다.

"돈을 벌려면 화끈하게 벌어야 하는데……."

독불장군과도 같은 그의 성정에 누군가의 밑에서 일하는

것은 성에 차지 않았다. 그렇다고 부하 직원을 거느리는 사업을 하는 것도 질색이었다.

자영업? 그런 걸로 돈 벌어야 얼마나 벌까 싶다.

"쩝, 용병을 할 수도 없고……."

용병을 하자면 가족의 곁을 떠나야 한다. 그것도 패스.

"이왕이면 명예도 얻을 수 있는 일이면 좋을 텐데."

천하제일고수의 취업 고민은 밤이 깊어질수록 함께 깊어져만 갔다.

*   *   *

오로지 자신의 실력만으로 돈과 명예를 얻을 수 있는 직업, 최근 초등학생의 장래희망 1위라는 직업.

"운동선수지."

대식이가 간단하게 말했다.

"운동선수?"

"응. 그리고 세계에서 제일 돈 많이 버는 운동이 바로 복싱이야."

의기양양한 대식이의 말에 강산은 바로 등을 돌렸다.

"어? 야, 진짜야."

"진짜는 무슨. 세계 챔피언이 돈을 못 벌어서 그만두는 판국에."

격투 종목에 관해서는 그도 관심이 있었다. 그래서 과거 생활고 때문에 챔피언 벨트를 반납한 선수의 이야기도 알고 있었다.

1년에 1,000만원도 안 되는 돈을 벌었다고 한다. 절대 사양이다. 그거 벌자고 천하제일인인 자신이 사람들 앞에서 구경거리가 될 수는 없었다.

골프만 해도 상금 랭킹 1위인 선수가 수십억을 번다. 축구나 야구 선수의 몸값도 수십억이다. 해외는 이보다 더하다는 것 정도는 그도 알고 있다.

그런데 복싱이 제일 돈을 많이 번다니. 누가 체육관 아들 아니랄까봐.

"씨이, 진짠데."

대식이 한껏 억울한 표정을 지었다.

"대식이 말이 맞다."

저녁을 먹으며 복싱 선수가 가장 돈을 많이 버느냐는 질문에 아빠가 한 대답이었다.

"아빠도 자세히는 모르지만, 세계적인 선수는 한 경기당 수백억의 돈을 번다더구나."

"한 경기예요?"

"그래. 그건 순수하게 대전료로 받는 파이트머니란 돈이고. 그 외에도 여러 가지 부수입이 있다니까, 아마 많이 버는

선수가 한 천억 정도 벌었을 걸?'

강산의 입이 벌어졌다.

1,000억이란다, 1,000억. 그렇게 따지면 한 달에 한 경기씩만 뛰어도 1년이면 1조 2,000억이다.

물론 그렇게 경기를 뛰지는 않는다. 강산이 자세한 것을 모르기에 하는 생각일 뿐이다.

어쨌든 정신이 번쩍 든 것은 사실이었다.

돈을 버는 일이 몸 쓰는 일이라면 그는 사기나 다름없는 능력의 소유자다. 막말로 내공을 쓰지 않아도 일대일로는 전 세계에서 적수를 찾을 수 없을 것이다.

'1년 365일 싸울 수도 있다!'

그럼 그게 얼마인가?

강산의 눈이 위험한 빛을 발하자 이선화가 남편의 옆구리를 꼬집었다. 강창석이 인상을 찌푸리는 것을 노려보곤 아들에게 말했다.

"산아. 엄마가 분명히 말하는데, 행여 그런 위험하고 야만적인 일을 하겠다는 생각이라면 절대 허락 못한다. 의사나 변호사 같은 거 하라고는 않을게. 그저 평범한 직장에서 평범하게 일하는 꿈을 가져라. 알았지?"

선화가 다시 한 번 손가락에 힘을 주었다.

"윽, 그, 그래 강산아. 아빠가 말한 건 세계적으로 유명한 선수가 되었을 때나 가능한 이야기다. 평범한 선수들은 겨우

몇십만 원 정도밖에 받지 못해요. 절대 복싱 같은 위험하고 돈도 안 되는 일은 하지 말거라."

애써 수습을 해보려 하지만, 이미 쏟아진 물이요, 뱉어낸 말이었다.

선화는 속상했다.

가뜩이나 돌잡이 때도 그렇고 돈을 좋아하던 아들이다. 그 앞에서 쓸데없는 바람을 불어넣다니.

'당신, 있다가 봐요.'

강창석은 부인의 눈초리에 고개를 숙이고 밥만 먹었다.

5장
송곳은 튀어나온다

중원에서는 뛰어난 무력이 곧 권력이었다.

그러나 현대 사회에서는 무력보다는 돈과 법이었다.

강산이 생각하는 평범한 삶이란, 남들의 눈치를 보지 않고 마음대로 사는 삶이다. 자신이 그렇게 살았기 때문이다.

자유.

그것을 위해 강해지려 했고 결국에는 천하제일인이 되어 중원을 활보했다.

그 자유를 이제는 가족과 함께하고 싶었다.

"대식아."

점심을 먹고 운동장에서 볕을 쬐던 강산이 대식이를 불렀다.

"왜."

녀석의 말투가 퉁명스러웠다. 어제 강산이 자신의 말을 믿지 않고 외면했기 때문이었다.

한마디로 삐져 있었다.

"오늘 체육관에 가보자."

"응?"

"어제 그랬잖아. 돈 제일 많이 버는 게 복싱이라고. 내가 잘못 알았던 거 같아. 그래서 너희 아빠한테 자세히 좀 여쭤보려고."

대식이의 눈이 가늘어졌다.

"그게 다야?"

복싱에 대해서는 아이답지 않은 프라이드를 가진 대식이었다. 어제 강산의 행동은 그 자부심에 상처를 주었다.

사과해.

대식이의 눈이 말하고 있었다.

'이 녀석이?'

강산은 지금까지 살면서 가족 외에는 미안하다는 사과를 한 적이 없었다. 그건 누구보다도 강한 천하제일이라는 자부심 때문이었다.

하지만 고집스런 대식이의 눈동자가 사과를 받기 전에는 절대 체육관에 데려가지 않겠다고 말하고 있었다. 그러나 강산은 대식이를 무력화시킬 가장 손쉬운 방법을 알고 있었다.

"하윤아, 우리 오늘 대식이네 체육관 구경 가자. 대식아, 괜찮지?"

고집스런 대식이의 눈동자가 세차게 흔들렸다.

짜식, 넌 아직 멀었어.

조금 치사하다 싶었지만, 뭐 어떤가. 같은 애들끼리.

하윤이는 눈치 빠르게 강산이의 뜻에 동참했다.

"대식아."

이름을 부르며 지그시 바라본다. 그것만으로도 대식이는 얼굴을 붉게 물들이며 고개를 끄덕였다.

"으응, 그래. 있다가 학교 끝나고 가자."

강산은 하윤이를 흐뭇하게 바라보았다. 날이 갈수록 총명해지는 것이 혜정이 뺨치는 것 같다.

"아차!"

젠장. 이제야 생각이 났다. 이혜정. 그 아이를 잊고 있었다.

아이들이 일제히 강산을 쳐다보았다.

"대식아. 체육관 가는 건 좀 미루자."

"응? 왜?"

체육관에서 하윤이에게 멋진 모습을 보여줄 단꿈에 젖어 있던 대식이가 대번에 울상이 되었다.

"중요한 일이 있어서 그래. 다들 먼저 교실로 돌아가."

강산은 아이들을 운동장에 남겨두고 빠르게 이혜정의 교

실로 달렸다.

만혼도화지체.

초경이 시작될 쯤 일어나는 폭주. 그리고 그 끝에 이르게
되는 죽음.

'뭔가 찝찝하더라니.'

아이들을 휘어잡고 있었어야 할 혜정이 그러지 못하고 있
었다. 그게 벌써 석 달이 지난 상태였다.

"뭐야? 왜 저러지?"

대식이가 고개를 갸웃하며 고민해 보지만, 딱히 이유가 떠
오르지는 않았다.

"어? 하윤아!"

하윤이는 고민하기 보다는 강산의 뒤를 쫓았다.

"에이씨. 하윤이는 강산이만 좋아하고."

투덜거리며 대식이가 교실로 향했다.

그리고 그 뒤에……

졸지에 투명인간이 되어 소외받은 민수가 입술을 삐죽이
고 있었다.

"니들 다 미워."

*   *   *

만혼도화지체는 초경을 할 때가 다가오면 모든 기운이 안

으로 갈무리가 된다. 그래서 그쯤에는 여느 평범한 아이들과 다를 바 없게 변한다.

그러나 그것은 개구리가 멀리 뛰기 위해 몸을 잔뜩 웅크리는 형국이었다.

개화(開花).

일순간에 그 기운이 체외로 방출되는 것을 말한다. 그렇게 되면 일은 걷잡을 수 없게 되고 만다.

'아직 늦지 않았어.'

이혜정의 반에 도착한 강산은 3학년들의 시선에도 아랑곳하지 않고 그녀를 찾았다.

다행이 멍하니 책상에 앉아 있는 혜정이 보였다.

"혜정이 누나."

"응? 사, 산아?"

이혜정은 강산을 보자 눈에 띄게 당황하기 시작했다. 얼굴까지 붉히는 모습이 심상치가 않았다.

'미치겠군.'

늦지 않은 건 맞았다. 그러나 지금의 반응을 보자면 이미 때가 가까워진 모습이었다.

"누나, 잠깐 할 얘기가 있는데."

아직 점심시간은 10분 정도 남아 있었다. 그 안에 어떻게든 상태를 안정시키고 시간을 들여 근본적으로 해결해야 했다.

"아, 지금?"

"응."

혜정은 잠시 망설이는 듯하더니 이내 자리에서 몸을 일으켰다.

드륵

의자를 밀며 일어서던 혜정의 몸이 갑자기 휘청거리며 강산이 있는 쪽으로 쓰러졌다.

"아!"

강산은 재빨리 혜정의 몸을 받았다. 그러나 워낙 창졸간에 일어난 일인데다 아직 혜정의 몸이 더 컸기에 뒤로 쓰러지고 말았다.

"누나, 괜찮아?"

그녀의 숨결이 코앞에서 느껴졌다. 촉촉하게 젖은 눈동자가 기이한 열기를 담고 강산을 바라보았다.

"사, 산아. 나, 나……."

아무래도 안 되겠다.

강산은 바로 이혜정의 수혈을 짚으려 했다. 그러나 한 발 늦고 말았다.

"꺄아!"

"뭐야, 쟤들!"

이혜정의 입술이 강산의 입술에 포개어졌다.

단지 그뿐이라면 수혈을 짚었을 터였다. 어지간한 상황에서는 흔들리지 않을 강산이었기 때문이다.

"사, 산아."

그래, 익숙한 기척에 이어 익숙한 목소리였다. 하윤이가 문
밖에 서서 놀란 눈으로 두 사람을 쳐다보고 있었다.

빌어먹을.

이 상황에서 달리 생각할 겨를이 없었다.

푸확!

강산의 몸에서 마기가 사방으로 퍼져 나갔다.

*   *   *

이혜정은 근래에 들어 이상한 기분에 휩싸였다. 강산이만
떠올리면 가슴이 두근거리고 감기에 걸린 것처럼 몸에 열이
올랐다.

이상한 일이었다.

보고 싶고 만지고 싶었다. 강현이의 동생인데, 이러면 안
되는데… 나쁜 마음이 드는 것 같아 최근에는 강현이한테도
찾아가지 못했다.

만혼도화지체의 기운인 도화지기가 강산의 몸속에 숨겨진
강력한 마기를 원하기에 벌어진 일이었다.

혜정의 몸속에 도사리고 있는 도화지기는 보통의 음기와
는 달랐다. 끝없이 먹을 것을 탐하나, 정작 삼킬 수 없어 늘

굶주림에 시달리는 지옥의 아귀와도 같은 기운이었다.

사람을 부리고 남들보다 머리가 좋아지는 대신, 가혹한 운명이 기다리고 있는 것이었다.

혜정은 걷잡을 수 없는 마음을 겨우 참고 있던 중이었다. 시간이 지나면 괜찮아질 거라고 생각했었다. 그런데 자신을 찾아온 산이를 보자 참을 수가 없었다.

도화지기가 기지개를 켜고,

꽃이 피었다.

*　　　*　　　*

푸화악!

강산의 마기가 도화지기를 감쌌다.

도화지기의 기운에 닿는 사람은 강렬한 쾌락에 빠지게 된다. 그것은 마치 환상과도 같다. 거기에 휩쓸린 사람은 남녀를 불문하고 생명의 근원인 선천지기까지 소모하게 된다.

그 기운을 통해 양기를 보충하려 하지만, 오히려 더욱 음기만 강렬해지게 되어 죽음에 이르게 되는 것이었다.

도화지기는 강산의 마기 또한 먹어치우려 했다. 그러나 오히려 강철과도 같은 마기가 도화지기를 압박하며 밀어붙였다.

강산은 기운이 주춤하는 사이에 이혜정의 수혈을 짚었다.

그것도 모자라 주요 혈을 모조리 막아 버렸다.

이혜정의 전신이 사시나무 떨듯이 떨리고 있었다. 도화지기가 막힌 혈을 뚫고 밖으로 나오기 위해 날뛰는 것이었다.

일단 시간은 벌었다.

혜정을 똑바로 눕히고 몸을 일으켰다. 마기와 도화지기의 충돌에 기절한 아이들이 보였다.

"미치겠군."

그리고 입을 꾹 다물고 싸늘한 눈으로 바라보는 신하윤이 있었다. 마기에 익숙해져 아무런 영향도 받지 않는 모습이었다.

그런 하윤이의 눈에 쓰러진 아이들은 안중에도 없었다. 오직 산이와 누워있는 혜정이만 담고 있었다.

"하윤아."

강산이 불렀지만, 몸을 휙 돌리며 사라진다. 단단히 화가 난 모양이다.

하지만 하윤이는 나중 일이다. 지금은 혜정이가 급했다.

이혜정의 옆에 가부좌를 틀고 앉았다. 잠시 뒤, 강산의 전신에 은은한 붉은 기운이 감돌기 시작했다.

천마열양신공(天魔熱陽神功).

극양의 무공으로 중원에서도 세 손가락 안에 꼽히는 열양지공이었다.

보통은 자연스럽게 양기를 주입하여 조화를 이루게 만들

지만, 강산은 그럴 생각도, 여유도 없었다. 그랬다간 밑 빠진 독에 물 붓는 격이었으니까.

먹히지 않고 먹는다.

신공의 기운이 역으로 도화지기를 흡수하여 강제로 음양의 균형을 맞출 생각이었다.

이로 인해 혜정이는 죽는 그날까지 잔병치레 한 번 하지 않게 될 것이었다. 형을 확실하게 다잡지는 못했지만, 서로 좋아하는 사이 같으니 이 정도는 해 줄 생각이었다.

'그럼 시작해 볼까?'

강산의 붉은 기운이 손바닥을 타고 이혜정의 단전으로 끊임없이 침투하기 시작했다.

＊　　　＊　　　＊

한별 초등학교에 일주일간의 휴교령이 떨어졌다. 이유를 알 수 없는 집단 혼절 사건 때문이었다.

'생각보다 기운이 강했어.'

도화지기를 제압하기 위해 마기를 풀었다. 그런데 그 양이 좀 과했나보다. 반경 20미터 이내의 8개 학급이 영향을 받아 버렸다.

다행이라면 심각하게 다친 아이가 없다는 것이었다. 가벼운 찰과상과 타박상을 입은 아이들이 전부였다.

미안한 마음은 없었다. 그보다 더 큰 일을 막아주었으니까.

'지겨울 때마다 한 번씩 마기를 흩뿌릴까?'

오히려 엉뚱한 생각까지 들었다.

이제는 완벽하게 적응을 했다고 생각하는 그였으나, 아이처럼 행동하는 일은 아직도 곤욕스러웠기 때문이다.

'참나. 어린애 같은 생각을 하다니.'

강산은 치기어린 상념을 접고 간판을 올려다보았다. '챔피언 복싱' 이란 체육관 간판이 보였다.

"여기가 우리 체육관이야."

대식이 자랑스레 말하며 우쭐해했다.

그래, 개도 제집에선 한 수 먹고 들어가는 법이지.

강산은 대식이를 인정해 주며 뒤를 바라보았다. 하윤이가 뾰루퉁한 얼굴을 하고 있었다.

"하윤아."

고개를 팩 돌린다. 그것을 보자니 그저 귀엽기만 했다.

딱히 변명할 생각도, 달래줄 생각도 없었다. 그냥 놔두면 괜찮아지겠거니 할 뿐이었다.

그런데 불난 집에 부채질 하는 아이는 꼭 있는 법이었다.

"어? 하윤아, 너 삐졌지?"

"…아냐."

"에이, 삐진 거 같은데? 응? 삐졌, 악!"

까불거리던 민수가 정강이를 붙잡고 주저앉았다.

딴딴한 체구에 노란 머리를 한 남자가 아이들을 맞이했다.
"어서 와라. 내가 대식이 아빠다."
작은 키에 서글서글한 눈매만 보자면 세계 챔피언이란 이미지와 어울리지 않았다. 그러나 군살 하나 없는 몸매와 가끔씩 드러나는 날카로운 눈매를 감출 수는 없었다.
WBC 슈퍼 플라이급 세계 챔피언을 지낸 문춘수가 바로 대식이의 아빠였다.
"우와~ 저게 챔피언 벨트예요?"
민수가 벽에 걸린 사진을 보며 감탄했다.
지금보다 조금 젊은 문춘수가 트로피와 황금벨트를 메고 찍은 사진이었다.
"어때? 우리 아빠 짱이지?"
"웅! 진짜 짱이다. 난 거짓말인 줄 알았는데."
"뭐?"
"너 맨날 하윤이한테 맞았잖아."
"그, 그건 하윤이가 여자라서 그렇지!"
"에이, 저번에도 하윤이가 자기 이길 수 있냐니깐 못 이긴다며?"
민수는 지난 날 자신을 투명인간으로 만든 원한을 잊지 않았다. 그래서 뛰어난 기억력으로 예전 일까지 들먹였다.

대식이를 골려 주려 한 것이었지만, 대식이도 하윤이와 같은 과라는 걸 잊은 것이 실수였다.

"이게!"

"악!"

대식이가 주먹을 뻗는 것을 보자마자 비명과 함께 물러났다. 다행이도 문춘수가 아들을 붙잡았기에 망정이지, 또 맞을 뻔했다.

"녀석들, 그만들하고. 배고프지 않니? 짜장면 먹을래?"

후루룩.

대식이와 민수가 경쟁하듯이 짜장면을 흡입했다.

"천천히 먹어. 안 뺏어 먹는다."

문춘수는 흐뭇한 얼굴로 아들과 친구들을 보았다.

'흐음. 확실히 예쁜 애야. 우리 대식이가 반할 만해.'

커다란 눈동자에 단발머리가 잘 어울리는 귀여운 하윤이었다. 그런데 어째 화난 듯한 얼굴이었다.

"하윤이는 짜장면이 맛없어?"

"아니요."

간단하게 대답하고 조금씩 짜장면을 먹는다. 예쁘긴 한데 어째 대하기가 어려운 아이였다.

"크흠, 그래. 맛있게 먹고 다들 우리 대식이랑 친하게 지내라."

그의 눈이 이번에는 산이에게로 향했다.

'요 녀석이 대식이랑 라이벌이라고?'

곱상하게 생긴 아이였다. 요즘 아이들이 좋아할 만한 얼굴이었다.

하지만 남자는 남자다워야 한다. 그는 자신의 아들이 전혀 꿀릴 것이 없다고 생각했다.

'대식이가 운동하는 모습을 보면 달라지겠지?'

부인이 일찍 죽어 애지중지하며 키운 외아들이었다. 녀석이 좋다는데 그냥 모른 척 할 수는 없었다.

'아들, 화이팅이다!'

문춘수는 속으로 외치며 어떻게 하면 하윤이가 아들에게 반하게 될지 고민하기 시작했다.

강산은 딱히 잘할 생각은 없었다. 복싱에 대해서 이것저것 물어볼 것도 있었기에 적당히 따라 해주려고 했을 뿐이었다.

주먹이 뻗어나갔다.

힘이 발끝에서 허리를 거쳐 주먹 끝에서 폭발한다.

파앙!

깔끔한 스트레이트. 샌드백이 출렁거렸다.

발경의 기초, 단순화 버전이랄까?

강산에게 이 정도는 식은 죽 먹기다. 내공 없이 대충 흉내만 내도 강한 위력이 나온다.

그러나 8살짜리 아이의 스트레이트를 본 관장은 달랐다.

'이 녀석?'

정식으로 한 것이 아니다. 가볍게 스텝부터 원, 투, 스트레이트로 이어갔다. 그저 아이들 체험 학습시켜 준다 생각하고 가르쳤다.

민수는 어설펐다. 발이 꼬이기까지 했다.

하윤이는 의외로 잘했다. 또래 중에서 소질이 있는 아이 정도는 되었다.

강산이는…….

'난놈이다!'

팡, 팡, 파앙!

원, 투, 스트레이트!

대충한다고 했지만, 절대고수의 대충은 대충이 아니었다. 최소 고등부 수준은 되어 보였다.

"산아. 혹시 운동해 본 적 있니?"

"아니요."

"전혀?"

"아빠, 산이는 공부벌레예요. 지금까지 싸우는 것도 본 적 없는 걸요."

대식이의 말에 욕심이 생겼다.

가볍게 보여준 시범을 저리 완벽하게 따라하다니.

아들도 뜀박질을 시작할 때부터 가르쳤었다. 소질을 떠나

서 보고 배운 것이 복싱이다 보니 장래가 기대되는 것은 당연
했다.

그런데 눈앞에 타고난 녀석이 보인다.

"산아. 너 운동 배워볼 생각 없니?"

문춘수의 머리가 빠르게 회전했다.

벌써부터 선수로 키우려는 생각은 아니었다. 복싱을 요즘
부모들이 허락할 리도 없었다.

단지, 어렸을 적에 운동 하나 배워두는 정도는 괜찮다고 설
득할 자신은 있었다. 어렸기에 링 위에 올라가 시합할 일도
없으니 위험할 일도 없었다.

그렇게 가르치면서 싹수를 볼 생각이었다. 처음엔 다 오빠
로 시작한다는 말도 있지 않은가? 뛰어난 기량을 보인다면 올
림픽 메달리스트나 프로 챔피언까지도 노림직했다.

이런 생각까지 할 정도로 강산의 자세는 그가 보기에 너무
나도 완벽했다.

"음. 그럼 뭐 하나만 여쭤 봐도 돼요?"

강산은 이 때다 싶어 순진한 아이처럼 입을 열었다.

"궁금한 거라도 있니?"

"네. 별건 아니고요, 제가 세계 챔피언이 되면 돈 많이 벌
수 있나요?"

"뭐?"

"대식이가 그러던데요. 운동선수 중에 가장 돈 많이 버는

사람이 복싱 세계 챔피언이라고요. 그게 진짜예요?"

"그건 왜?"

"돈 많이 벌고 명예도 얻을 수 있다면 챔피언 정도는 해볼 생각이 있어서요. 솔직히 '사' 자 들어가는 직업은 제 취향도 아니고요."

"……."

문춘수가 인상을 찌푸렸다. 요즘 애들이 아무리 발랑 까지고 아는 게 많아졌다지만 이게 애들이 할 말인가 싶다. 자신감도 정도가 있지…….

"이 녀석이 말을 너무 함부로 하네? 녀석아, 챔피언이 그리 쉽게 되는 건 줄 알아?"

"저한텐 쉬워 보이는데요."

"뭐?"

"그냥 때려눕히면 되잖아요? 경기니까 경찰한테 잡혀갈 일도 없고요. 그러니까 확실하게 말해주세요. 세계 챔피언하면 돈 많이 벌어요? 진짜 수백억, 수천억씩 벌 수 있나요?"

맹랑한 녀석이었다. 그러나 아이가 멋모르고 하는 말에 화를 낼 수도 없었다. 이래저래 뭐라고 해야 하나 고민하고 있는 와중에 대식이가 끼어들었다.

"야! 그게 무슨 말이야? 네가 챔피언을 한다고?"

대식이가 씩씩거리며 얼굴을 붉혔다.

"응. 왜?"

"누구 맘대로! 세계 챔피언은 내가 할 거야! 너 나도 못 이 기면서!"

이번에는 강산의 눈이 찌푸려졌다.

"내가 널 못 이긴다고?"

"흥! 맨날 하윤이 뒤에 숨어 있는 주제에!"

지금까지 강산이가 직접 나선 적은 없었다. 대부분 그 분위 기에 눌리고 하윤이에 의해 정리가 되었다.

'이런 젠장.'

기분이 썩 좋지는 않았다. 아무것도 모르는 어린애의 말이 라지만 자존심은 조금 상했다. 그의 눈초리가 매섭게 변했다.

대식이가 움찔하며 물러섰다. 이렇게 강산이가 노려볼 때 면 무서웠다. 그러나 기가 죽는 것도 잠시, 이곳은 대식이의 집이나 다름없었다. 그리고 곁에는 아빠가 있었다.

"어, 어쭈? 노려보면 어쩔 건데? 나랑 싸워볼래?"

주먹을 꽉 쥔 녀석을 보자 내가 지금 뭐하는 건가 싶었다. 강산은 눈에 힘을 풀었다.

아이들과 지내다보니 진짜 아이가 되는 기분이었다.

"흥, 쫄았냐?"

대식이가 깝죽거렸다.

어휴, 한주먹감도 안 되는 녀석이.

강산이 그냥 무시하고 넘어가려는 순간이었다.

"야, 문대식. 강산이 싸움 잘해. 너 따윈 상대도 안 된다고.

나한테도 지는 게 어디서 까불어?"

하윤이가 앞으로 나섰다. 아무리 화가 났어도 산이가 무시 당하는 것은 싫었다.

"이 씨! 여자라서 봐준 거야!"

"그래? 그럼 나랑 진짜로 싸워보든가."

문춘수는 아이들의 하는 양을 보며 그저 기가 막힐 뿐이었 다. 조그만 녀석들이 벌써부터 사랑 싸움이라니.

"그만, 그만해라!"

아이들을 말리다보니 꽤씸했다.

가끔 복싱을 쉽게 생각하는 사람들이 없지 않아 있었다. 그 러나 복싱은 그리 만만한 운동이 아니었다.

아무것도 모르는 아이의 말이라지만 그냥 넘어갈 수는 없 었다.

"강산아. 그렇게 자신 있으면 대식이랑 스파링 해볼래?"

"스파링이요?"

"그래. 정식으로 링 위에서 붙어 보는 건 어떠냐?"

어차피 애들 주먹질이야 거기서 거기다. 강산이가 아무리 타고났다고 해도 가만히 있는 샌드백과 움직이는 상대는 달 랐다.

거기다 헤드기어와 글러브를 끼면 크게 다칠 일도 없었고 자신이 잘 컨트롤하면 위험하지도 않을 일이었다.

그리고 무엇보다 그는 자신의 아들을 믿었다.

'본때를 보여줘라, 대식아.'

부자의 눈빛이 허공에서 마주쳤다.

어딘지 얄미운 저 녀석을 아들이 혼내주면 하윤이란 아이
도 생각이 바뀔 것이었다.

분위기가 이쯤 되자 강산도 더 이상 물러서기가 싫었다.

"좋아요."

링 위에 두 아이가 올라섰다.

"배꼽 아래는 때리면 안 되고 쓰러지면 뒤로 물러나야 한
다. 머리로 박치기를 해도 안 되고……."

문춘수는 아이들이 알아듣기 쉽게 경기의 룰을 설명해 주
었다.

"알았지?"

"예. 그런데 아저씨."

"응?"

"아직 말씀 안 해주셨는데요."

"뭘?"

강산은 절대 져 줄 생각이 없었다. 그래서 아들이 지고 나
면 문춘수가 제대로 대답해 주지 않을 거 같아서 물었다.

"세계 챔피언, 그거 하면 확실히 돈 많이 벌어요?"

춘수의 얼굴이 애매한 표정을 지었다. 참으로 집요한 녀석
이었다.

"하, 그래. 말해주마. 세계 챔피언이 되어도 스타성이 없으면 그렇게 못 벌어. 네가 말했던 선수는 마이웨이라고 실력도 뛰어난데다 무패의 전적, 그러니까 한 번도 지지 않아서 그 정도인 거다. 네가 세계 챔피언이 되면 그럴 수 있냐고? 뭐, 아주아주 유명한 선수가 되면 그럴지도 모르지. 하지만 국내에서는 그게 힘들다."

"왜요?"

이야기를 하다 보니 괜히 화가 났다. 그도 세계 챔피언 자리에서 왜 물러났는가? 협회의 쓰레기 같은 관행과 말도 안 되는 착취 때문이다.

"썩어서 그래. 잡담은 그만하자. 더 알고 싶으면 스파링 끝나고 얘기해 주마."

더 묻고 싶었지만, 끝나고 하자니 그럴 수밖에.

"시작!"

문춘수가 뒤로 물러나고 대식이가 저돌적으로 주먹을 뻗어왔다.

그리고 강산이의 주먹이 대식이의 안면을 강타했다.

천하제일고수와 세계 챔피언 꿈나무의 대결은 시작부터 뻔한 결과였다.

＊　　　＊　　　＊

인기 종목과 비인기 종목의 격차는 컸다. 그나마 인기 종목인 축구나 야구는 선수가 대접을 받는다지만, 그 외의 종목들은 열악한 환경에서 눈물 젖은 빵을 먹고 있었다.

몇몇 스타가 나오면서 골프, 피겨스케이팅, 수영 등이 재조명을 받기도 했다. 그러나 그것도 다 한때였다. 스타가 지속적으로 나오지 않으면 관심은 사그라지게 마련이다.

스타.

세계를 아우를 수 있는 압도적인 실력과 평균 이상의 외모까지 지녀야 비로소 스포츠 스타에 오를 수 있는 요즘이다.

그에게 어려운 일은 아니었다. 실력이야 말할 것도 없었고 외모도 이 정도면 괜찮았다. 그러니 각종 대회만 우승하면 가능한 일이었다.

최고, 천하제일의 스포츠 선수.

참 좋은 말이었다. 못할 것도 없었고.

그런데 아직은 나이가 어렸다. 초등학생이 올림픽에 출전하고 세계 대회에 나갈 수는 없었다.

아쉽지만 조금은 기다려야 할 것 같았다.

*   *   *

초등학교 6년 내내 전교 1등.

중학교 3년 내내 전교 1등.

고등학교 1학년 1학기 전교 1등.

HSK 6급.

BCT 5급.

토익, 토플 만점.

강산이 그간 쌓아온 스펙이었다.

이 정도면 서울대는 물론이고 해외 대학까지 노릴 수 있는 수준이었다. 그러나 강산은 그러려고 공부를 열심히 한 것이 아니었다.

"복싱을 하겠습니다."

강창석과 이선화는 갑작스런 아들의 선언에 할 말을 잊었다. 지금까지 잘해오던 녀석이 복싱이라니?

"복싱?"

"네."

"안 돼!"

이선화가 단호하게 외쳤다.

안 될 말이었다. 고등학교 졸업을 하면 하버드나 MIT, 옥스퍼드 중에 한 곳으로 유학을 보낼 생각이었다. 그를 위해서 적금까지 붓고 있었다.

그저 가볍게 운동하는 거라면 상관없었다. 하지만 아들이 과거에 했던 말을 기억하는 이선화는 허락할 수가 없었다.

"여보. 남자가 운동 하나 하는 건 괜찮지 않아?"

"운동도 운동 나름이죠. 그리고 강산이 얘가 지금 가볍게 하려는 거 같아요? 예전 일 기억 안 나요?"

"예전 일? 아."

강창석도 기억이 떠올랐는지 미간을 좁혔다.

"산아. 너 아직도 세계 챔피언인지 뭔지를 하려는 거야?"

예전보다 융통성이 많아졌다지만, 부모님한테까지 숨기거나 거짓말을 하고 싶지는 않았다. 솔직히 말하면 분명히 반대하실 일이었다. 그러나 방법이 없는 건 아니었다.

"네."

"하!"

이선화가 한숨을 내쉬며 가슴을 쳤다.

처음 아들이 복싱 이야기를 꺼냈을 때, 혹시나 싶어 이것저것 알아보았다. 알아보고 나니 더욱 말려야겠다는 생각을 했었다.

다시 이야기를 꺼내면 조목조목 현실을 알려주며 포기하게 하려 했었다. 그런데 그날 이후로 다시는 이야기를 꺼내지 않았기에 그녀도 잊고 있었을 뿐이었다.

"산아. 그렇지 않아도 엄마가 복싱에 대해서 알아봤어. 복싱 선수들 대부분이 투잡을 뛰더라. 복싱만 하는 사람은 없었단 말이지. 챔피언? 그것도 빛 좋은 개살구 아니니? 설령 네 실력이 뛰어나다고 치자. 실력만으로 가능하지 않다는 건 알고 있니? 소속 같은 걸로 편파 판정도 비일비재하게 일어난다더라. 시합을 못 뛰게 하는 경우도 많고. 그런 앞날이 불투명한 운동을 하느니, 차라리 나중에 장사를 해. 그 밑천은 엄마 아빠가 대줄테니까. 응?"

첫째는 이미 진로를 잡았다. 검사가 되겠다며 열심히 공부하고 운동도 하고 있었다.

시키지도 않았는데 알아서 잘하는 모습을 보니 뿌듯했다. 그건 둘째인 강산도 마찬가지였다.

복싱 외에는 지금까지 꿈이나 장래 희망을 말한 적이 없었다. 그래도 걱정이 없는 것은 형처럼 알아서 공부하고 열심히 살아왔기 때문이었다.

엄마의 이야기를 다 들은 강산이 몸을 바로 했다.

6장
스타 프로젝트

"어머니, 아버지."

엄마, 아빠에서 어머니, 아버지로 호칭을 바꿨을 뿐인데, 지금까지의 아이 같던 분위기가 사라졌다.

"세계 챔피언이 되는 것이 얼마나 힘든 것인지, 미래가 얼마나 불투명한 것인지 잘 알고 있습니다. 그래서 무조건 하겠다는 건 아닙니다."

"그럼?"

"다음 달, 생활체육 복싱대회가 있습니다. 거기서 우승 못하면 포기하고 우승을 한다면 아마추어 복싱대회에 나가겠습니다. 이후 국가대표 선발전, 올림픽 등. 단 한 번이라도 패하거나 우승을 못하면 그만두겠습니다."

"진짜니?"

"네."

이선화는 가만히 아들을 바라보았다. 아무리 운동을 잘해
도 한 번도 지지 않는 경우는 없었다. 그러나 세상일은 모르
는 거였다.

"좋아. 엄마도 조건을 걸게."

"네."

"전교 5등 아래로 떨어지면 그만둘 것. 여보, 어때요?"

능력이 출중해도 정식으로 복싱을 배우려면 공부를 등한
시할 수밖에 없었다. 그래도 아들이 하고 싶다고 하니, 조금
은 양보해서 5등 정도로 선을 그었다.

강창석은 조용히 입을 열었다.

"아들."

"네."

"그렇게 복싱이 하고 싶은 거냐?"

"제 꿈입니다."

집안에 형제만 있다면 싸우기도 많이 싸우고, 사고도 많이
치는 법이었다. 그런데 지금까지 두 아들은 별다른 사건사고
없이 자신들이 원하는 대로 잘 자라주었다.

그래서 조금은 아들이 꿈을 꾸도록 해주고 싶었다.

"좋다. 이런저런 조건 필요 없다. 해봐라."

"여봇!"

"앉아."

강창석은 자리에서 벌떡 일어난 부인의 팔을 붙잡아 앉혔다.

"난 산이를 믿어. 지금까지 잘해왔고 앞으로도 잘할 거라고 말이야."

"하지만 복싱은……."

"남자라면 꿈을 크게 가져야지. 세계 챔피언이 되겠다잖아. 나쁜 짓을 하겠다는 것도 아니고. 지금 아니면 언제 도전해 봐? 실패하면 군대 다녀와서 새롭게 시작해도 늦지 않아."

"군대 다녀오면 그만큼 뒤처지잖아요."

"뒤처질 일이 뭐가 있어? 벌써 토익, 토플까지 다 만점 받아놓은 녀석이야. 할 거 다 해놓고 하고 싶은 일 해보겠다는데. 산아."

"네, 아버지."

"대신 대학만 가라. 그 정도는 할 수 있지?"

조건 필요 없으시다더니, 대학은 가라고 하신다.

"아버지. 대학도 대학이지만, 한 번 뱉은 말 주워 담는 아들 아닙니다. 제가 말씀드렸던 부분은 확실하게 지키겠습니다. 그리고 어머니 조건도요."

아들의 자신감은 좋았다. 그러나 괜히 그런 것에 얽매여 최선을 다하지 못했다는 후회를 남길까봐 걱정이었다.

"그건 좀, 으음……."

강창석이 입을 꾹 다물었다. 테이블 밑으로 이선화가 그의 허벅지를 꼬집고 있었다.

"그래. 약속한 거다?"

"네, 어머니."

"그리고 아들."

"네?"

"고등학교 졸업하기 전까진 엄마라고 불러. 징그럽다, 논석아."

강산이 짙은 미소를 지었다.

"그럴게요, 엄마."

*　　*　　*

문춘수는 오랜만에 체육관을 찾은 강산을 기가 막힌다는 얼굴로 쳐다보았다.

"그러니까 선수 등록을 해달라고?"

"네. 다음 달 대회 출전도 잡아주시고요."

"허, 참."

뜬금없이 찾아와서 한다는 소리가 어처구니없는 말이었다.

예전에 아들을 쓰러트리고 복싱을 배우라는 제의를 거절

했던 녀석이었다. 아쉬움에 아들을 시켜 몇 번 더 의향을 물었지만 소용없었다.

그 후로 열심히 공부하고 있다는 소리를 들었다. 매번 전교 1등을 하고 최근에는 외국어 시험까지 합격했단다.

그런 놈이 나타나 느닷없이 선수 등록을 해달라니.

"말이 되는 소리냐? 지금까지 한 번도 뛰어본 적 없는 녀석이 갑자기 선수에 대회라니? 너 임마, 내가 하랄 때는 죽어도 싫다고 했잖아. 이제 와서 뭔 헛소리야?"

체육관에 계속 다녔으면 모른다.

하지만 아무리 취미로 하는 사람들이 다수 출전하는 대회라도 생초보가 나갈 대회는 아니었다.

"1년치 현금 선결제하죠."

"뭐? 이 녀석이 지금!"

"하윤이도 같이 다닐 겁니다."

"……"

화를 내려던 춘수는 입을 꾹 다물었다.

하윤이는 초등학교 말부터 미모를 뽐내기 시작하더니, 지금은 지역 학생들로 구성된 팬클럽까지 가질 정도로 미녀가 되었다. 어른들도 녀석을 보면 연신 감탄할 정도였다.

더구나 딸 덕분에 하윤이네 엄마는 학원가에서 입지전적인 인물이 되었다.

하윤이가 다니는 학원은 수강생이 폭발적으로 늘어난다!

단순한 소문이 아니라는 것은 체육관을 운영하는 문춘수가 더욱 잘 알고 있었다. 하윤이 엄마에게 물밑 작업을 하는 원장들 중에 자신도 있었기 때문이었다.

사실 요즘 체육관 사정이 좋지 않았다. 정통 복싱만 고집하던 마음을 접고 다이어트 복싱을 시작했는데도 겨우 입에 풀칠만 할 정도였다.

그런 상황에서 강산이에 하윤이까지 체육관을 다닌다?

여자아이들 사이에서 꽤 인기가 있는 강산이도 좋지만, 하윤이라면 체육관 숨통이 트이는 정도가 아니리라.

그렇다고 덥석 허락하기는 힘들었다.

"아버지, 저 왔어요. 어? 산아."

문대식이 사무실 문을 열고 들어왔다.

"언제 왔어? 여기 올 거면 나한테 연락하지."

"아저씨하고 할 얘기가 있어서."

"할 얘기?"

"응. 다음 달 대회에 나가려고. 그러자면 체육관에 등록하는 게 좋잖아."

"이야, 이번 대회는 볼만하겠는데, 가 아니구나. 너무한 거 아니냐? 네 실력에 생활체육대회라니."

"세계 대회 같은 건 아직 부모님이 허락해 주지 않으실 거 같아서."

"하긴. 그러시겠다."

문춘수는 두 사람의 말에 미간을 좁혔다.

"대식아. 그게 무슨 말이냐?"

"산아, 이제는 말씀드려도 되겠지?"

강산이 고개를 끄덕였다.

"아버지. 사실 강산이 계속 복싱했었어요. 부모님이 반대하셔서 체육관 등록만 안 했던 거죠."

"뭐?"

"제가 이 녀석한테 스파링 졌었잖아요. 그 후부터 한동안은 이놈이랑 맨날 복싱으로 싸웠어요. 그러면서 제가 복싱도 가르쳐 줬고요. 아버지가 이 녀석 타고난 거 같다고 하셨잖아요? 그때 절감했어요. 이 자식 진짜 천재예요."

괘씸한 마음이 들었다. 그런 걸 지금까지 말하지 않다니.

"그래서, 전적은?"

그러나 그것보다도 두 녀석의 스파링 결과가 궁금했다.

대식이는 그간 몇 개의 지역 대회를 거쳐 전국소년체전 중등부 핀급(42kg이하)에서 3차례 우승을 거머쥐었다.

내년도 전국체전 고등부에서 우승한 다음에는 세계 선수권 대회에 나갈 예정으로, 그 실력은 검증된 거나 마찬가지였다. 그런 아들과의 전적이 궁금한 것은 당연했다.

"그게⋯⋯."

잠시 망설이던 대식이 이내 작게 말했다.

"전패요."

"응? 뭐라고?"

"99전 99패. 한 번도 이겨본 적이 없어요."

＊　　＊　　＊

플로이드 마이웨이.

WBA 웰터급 세계 챔피언으로 한 경기에 받는 파이트머니가 최소 300억 이상인 스타 복서다.

단 두 경기를 뛰고 1,000억이 넘는 수익을 올려 세계 스포츠 스타 수익 베스트 1위를 기록하기도 했고, 그 기록은 3년간이나 지속되었다.

더 놀라운 것은 그 수익엔 광고료가 포함되지 않았다는 사실이었다. 2위부터 광고수익이 포함되었음을 감안한다면 그야말로 압도적인 수익이었다.

"봐봐. 이게 마이웨이의 경기 방식이야. 크랩가드라고도 하는 숄더롤이란 방법인데 수비에 특화되어 있어. 대단하지?"

벽돌로 치장된 유럽풍의 카페에 민수와 강산이 앉아 있었다. 두 사람은 노트북으로 마이웨이에 대한 데이터를 보고 있었다.

레프트를 아래로 내리고 어깨로 안면을 방어, 상대의 라이트 혹이 들어오면 왼쪽 팔꿈치를 들어 막아내고 상체를 뒤로 젖혀 이리저리 공격을 피해낸다.

상대의 리듬을 읽는 뛰어난 능력과 정밀한 상체 움직임을 갖추어야 가능한 마이웨이의 스타일이었다.

하지만 그것을 본 강산의 소감은 간단했다.

"볼품없어."

뒤로 몸을 뺀 모양새가 영 마음에 들지 않았다.

사내놈이 저리 소심해서야.

그에게 마이웨이의 스타일은 맞는 걸 두려워하는 겁쟁이로밖에 보이지 않았다.

민수는 강산의 말에 혀를 찼다.

"야, 이게 볼품없다고? 이걸로 무패의 신화를 이룩한 게 마이웨이야. 그의 상대들은 대식이랑 차원이 다른 선수들이라고."

"거기에 내가 왜 들어가?"

"우와!"

불쑥 눈앞에 나타난 대식이의 얼굴에 민수는 의자와 함께 뒤로 넘어갔다. 의자를 턱 잡은 대식이가 사악하게 웃으며 민수를 내려다보았다.

"놓을까, 말까?"

"야, 야, 세워줘. 얼른!"

"어쭈? 지금 나한테 명령하는 거냐?"

"아, 아니… 응? 풉!"

고개를 들어 대식이의 얼굴을 본 민수가 터져 나오는 웃음을 거우 막았다. 오른쪽 눈이 시퍼렇게 멍이 들어 있었기 때문이다.

"웃어?"

휙, 휙, 휙 의자를 위아래로 흔들었다.

"야, 야, 야!"

진짜 쓰러트릴 마음은 없었기에 의자를 바로하고 민수의 곁에 앉았지만, 얼굴에는 불만이 가득 차 있었다.

"후우, 너 눈이 왜 그래?"

"왜 그러긴. 이놈 때문에 그러지."

강산은 도끼눈을 뜬 대식이를 무시하고 빨대를 쭉쭉 빨았다. 그가 가장 좋아하는 망고 주스였다.

"산이가 왜?"

"이 녀석하고 지금까지 스파링 뛴 거 아버지한테 말했거든. 산이 가고 바로 링 위로 부르시더라."

"헉! 설마 아버지하고 스파링을 한 거야?"

은퇴했다고는 하지만 전직 세계 챔피언이다. 대식이와는 레벨이 달랐다.

"아니, 미트치기. 나 미트 치면서 죽을힘을 다해 피해본 적은 처음이다. 잘 피해도 미트가 끝까지 따라오더라."

원투, 스트레이트, 위빙, 더킹으로 이어지는 내내 미트는 집요하게 머리를 노리고 날아왔다.

"쯧, 적당히 줄여서 말하지 그랬냐. 나 같아도 자식이 100번 가까이 붙어서 다 깨졌다면 화나겠다."

"……."

"줄인 거냐?"

"안 그랬으면 여기 못 왔을 거다."

한동안 침묵이 흘렀다. 사실 강산과 대식이 9년 동안 붙은 횟수는 자그마치 199회였다. 100회나 줄여서 말했는데도 눈이 밤탱이가 되었는데, 다 말했으면 어땠을지 상상이 가지 않는다.

"그래도 그 덕에 실력은 많이 늘었잖아. 그걸로 위안을 삼아라."

"크윽, 저 놈을 때려눕혀야 위안이 될 거 같다."

"눈에 균형을 맞춰주는 건 어때?"

목소리만 들어도 기분이 좋아진다. 그러나 그 내용은 심상치 않았다.

"와, 왔어?"

만지고 싶은 고운 피부에 새까만 눈동자는 깊고도 맑은 빛을 발했다. 밤하늘을 닮은 굴곡진 머리카락은 어깨 아래까지 내려와 찰랑이고 있다.

입고 있는 교복을 유명 디자이너의 명품 정장으로 보이게까지 하는 미모의 여학생, 바로 신하윤이었다.

정말 바람직하게 자란 모습이었다.

"흠. 똑같이 멍들게 하려면 좀 힘들까? 같아질 때까지 계속 때리기는 귀찮은데."

"그래, 하윤아. 귀찮은 짓을 뭐 하러 해? 그러지 말고 어서 앉아."

대식이 벌떡 일어나 강산의 옆 의자를 빼내주었다.

한심했지만 어쩔 수 없었다. 어떤 면에서는 강산이보다 하윤이가 더 무서웠다.

하윤이는 강산의 곁에 앉았다.

"맛있어?"

쪼로로로록

강산의 망고 주스가 바닥을 드러냈다. 그의 눈매가 일그러졌다.

"하윤아."

"응?"

"양쪽 다 힘껏 때리면 될 거다."

"아! 맞아. 그러면 되겠네?"

"야! 강산!"

자신의 자리에 도로 앉던 대식이 기겁을 하며 일어섰다. 그를 향해 강산이 빈 잔을 흔들었다.

"망고."

"난 블루베리."

하윤이가 첨언을 하며 미소를 짓는다.

이 악마 같은 녀석들!

차마 뱉지 못한 말은 마음속의 외침일 뿐, 그는 영업용 미소를 띠웠다.

"그래, 망고랑 블루베리."

"대식아. 난……."

대식이의 고개가 휙 돌아가며 민수를 잡아먹을 듯이 노려보았다. 아무리 눈치 없는 민수라도 그게 무얼 뜻하는지는 알 수 있었다.

"…아직 조금 남아서 괜찮아."

라며 잔을 들어 톡톡톡 털어 마셨다.

하윤은 강산의 앞에 있는 노트북을 보았다.

"뭐 보고 있던 거야?"

"소심한 세계 챔피언."

"마이웨이?"

민수가 눈을 동그랗게 뜨고 눈앞의 커플을 바라보았다. 단박에 알아듣는 하윤이가 정말 신기했다. 참으로 생각조차 비슷한 커플이다.

강산이 물었다.

"어때?"

"아마추어 90전 84승 6패, 프로전적 46전 46승 26KO. 대단하긴 하지만 마이크 타이거 보다는 한 수 떨어진다고 봐. 타이거는 1라운드 KO승이 많을 정도로 화끈한 복싱을 구사했잖아. 사람들은 그런 거에 더 환호하는 거 같아."

"화끈한 경기라."

"그렇다고 마이웨이 경기 운영이 타이거에 비해 손색이 있다는 건 아니야. 마이웨이는 화끈 보다는 화려한 복싱이라고 해야 하니까. 어쨌든 간에 요점은."

"멋진 경기를 보여줘야 한다는 거지."

대식이가 블루베리와 망고를 테이블 위에 올려놓았다. 하윤은 고개를 끄덕이며 말을 이었다.

"멋진 경기란 건, 선수의 투지에 관중이 전염되는 거라고 봐. 다만, 아쉬운 점은 우리나라 복싱은 관중이 많지 않다는 거지. 열악한 국내 상황에서 네가 단숨에 복싱 스타로 오르려면 관중을 끌어들이려는 노력을 해야 해."

"노력이라."

"모든 경기를 이길 수는 없잖아. 하지만 질 때 지더라도 사람들의 응원을 받을 정도로 멋지게 져야 해. 어떤 상황에서도 포기하지 않아야 한다는 말이지. 강산아. 그럴 수 있어?"

하윤은 강산이 싸우는 모습을 제대로 본 적이 없었다. 대식이와의 스파링은 어렸을 때부터 했기에 그가 이기는 건 당연하다고 생각해왔다.

그렇다고 강산이 약하다는 말은 아니었다. 지금까지 보아온 모습이 있었고 자신에게도 이런저런 호신술을 가르쳐 준 그가 약할 리가 없었다.

단지 걱정이 되었다.

"지더라도 일어설 수 있겠냐고?"

지금까지 항상 1등만 해왔다. 세계 대회를 준비 중인 대식이에게도 진 적이 없다. 그런 강산이 한 번이라도 패배를 맛보면 어찌 될지 모른다.

걱정되고 불안한 마음이 고개를 들었다.

하윤이의 마음이 어떤지는 알겠다. 쓸데없는 기우였지만, 마음 한구석이 따뜻해져 왔다.

"하윤아."

"응?"

"나에게 패배는 없다."

이번 생에서만큼은 어리석은 우를 범하지 않을 것이다. 사람들이 인정하는 천하제일인이 될 것이다. '그놈' 들이 개떼처럼 달려들지 않도록.

"아마추어, 프로 전 경기 무패, 전부 KO승리를 따내주지."

"미친놈. 그게 가능할 거라 생각하냐?"

"…대식이 체급으로 나갈까?"

"강산이라면 가능하지! 누가 안 된다고 했어?"

대식이가 딴죽을 걸다가 같은 체급으로 나간다는 말에 꼬리를 내렸다. 비굴해도 어쩔 수 없다. 그의 꿈도 세계 챔피언이었으니까.

말도 안 되는 장담이었지만, 어쩐지 묘하게 믿음이 갔다.

"정말 그렇게 할 수만 있다면……."

하윤이는 그간 알아본 복싱계의 사정에 대해서 떠올려 보았다.

지연, 학연과 이해관계에 얽힌 수많은 비리들.

강산의 성격이라면 거기에 절대 굴하지 않을 거다. 그리고 수많은 잡음을 만들어내겠지.

"산아. 진짜 모든 경기를 KO로 이길 수 있어?"

하지만 전부 KO로 승리하면 판정을 걱정하지 않아도 된다. 아무리 심판이 점수를 주려고 해도 KO되어 버리면 소용이 없으니까.

"당연하지."

대식이와 민수가 벙찐 얼굴이 되었다. 저 밑도 끝도 없는 자신감은 대체 뭐란 말인가?

"그럼 확실하게 유명해질 방법이 있어."

하윤이의 눈이 빛나고 있었다.

뭔가 참 잘 어울리면서도 이해할 수 없는 인종들이란 생각이 두 친구의 뇌리에 떠올랐다.

*　　　*　　　*

나비처럼 날아서 벌처럼 쏜다.

20세기 최고의 복서 무하마드 알린의 말이었다.

"이야, 장난 아닌데?"

학생 하나가 인터넷에 올라온 동영상을 보며 감탄을 터트렸다.

"뭔데?"

"'전 강한 남자가 좋아요' 라고 해서 봤거든? 근데 이거 봐봐."

친구가 다가와 함께 폰을 들여다보았다.

영상에는 무하마드 알린의 경기 장면이 나오고 있었다.

가벼운 몸놀림으로 상대의 주먹을 피하고 속사포처럼 쏟아내는 연타가 압권이었다.

"대박!"

절묘하게 편집된 동영상은 한 편의 영화를 보는 것만 같았다. 알린의 위트 넘치는 인터뷰 장면도 중간 중간 삽입되어 재미를 더했다.

"어?"

더위 속에서 처절하게 싸웠던 조 프레이즈와의 혈투, 폭풍같은 펀치로 KO를 시켰던 브라이언 렌든과의 경기 장면을 끝으로 뜻밖의 영상이 오버랩 되었다.

[안녕하세요? 전 신하윤이라고 해요.]

화면에 나온 하윤을 본 두 남학생의 입이 벌어졌다.

"쩐다! 대박!"

"졸 예뻐!"

[전 강한 남자가 좋아요. 남자라면 모름지기 사랑하는 여자를 지켜줄 수 있어야 하잖아요? 그래서 복싱을 하는 남자친구를 사귀고 있어요.]

"우아, 어떤 새끼냐. 전생에 나라를 구했나?"

"그러게. 졸 부럽다."

[여기 제 남친이에요. 잘 생겼죠?]

영상에 사진이 나오자 남학생들이 나직하게 욕설을 내뱉었다.

남자의 주적은 드라마뿐만이 아니었다.

[그런데 요즘 제 남친 때문에 고민이 있어요.]

미간을 좁히는 모습마저 매력적이었다. 영상을 보는 학생들이 침을 꿀꺽 삼켰다.

[지금까지 그저 운동으로 복싱을 해왔는데, 이번에 대회를 출전한다고 하더라고요. KBI 전국생활체육 복싱대회라고, 혹시 아세요?]

"야, 검색, 검색!"

옆에 있던 친구가 폰을 꺼내 폭풍검색을 시작했다.

[그 대회에서 고등부 라이트 웰터급으로 출전한데요. 솔직히 그냥 운동 삼아서 하는 건 모를까, 대회를 나간다니 걱정이 이만저만이 아니에요. 그래서 나가지 말라고 말렸는데 말을 안 듣는 거예요.]

"우와, 복에 겨운 새끼. 이런 여친이 말하면 들어야지."

"야, 야, 찾았어. 다음 달에 대회 열리네."

[그것 때문에 싸우다가 제가 홧김에 헤어지자고 했어요.]

"나이스!"

"올레!"

[그랬더니 글쎄, 뭐라는지 아세요? 이번 대회에서 우승하지 못하면 그러겠다는 거 있죠?]

"나, 남자다."

"뭐가? 그냥 미친놈이지."

[저도 화가 나서 조건을 걸었어요. 단순히 우승만 하는 게 아니라 전부 KO로 이기라고. 그러지 않으면 헤어지겠다고요. 그랬더니 기가 막혀서. 그러겠다는 거 있죠?]

하윤의 두 눈에 눈물이 글썽거렸다. 그걸 보는 두 남학생도 가슴이 짠해졌다.

[말이 되요? 우승은 그렇다고 쳐요. 어차피 참가자가 많지 않아서 몇 경기 안 해도 되니까요. 그래도 아마추어 경기에서 KO가 나오는 게 얼마나 힘든데. 제가 그래서 우긴 거거든요. 남친이 정말 저랑 헤어지고 싶어 그러는 건지, 대체 왜 그러는지 모르겠어요.]

결국 주르륵 눈물이 흐른다.

"아, 씨팔. 뭐 그런 새끼가 다 있어?"

"저런 여친을 울리다니. 완전 개새끼 아니야?"

화면 속의 하윤이 눈물을 닦으며 애써 웃음을 지었다. 그 모습이 남학생들의 가슴을 더욱 아프게 만들었다.

[저, 제 남친 정말 좋아해요. 그래서 제 얘기를 들어주신 분들께 부탁하고 싶어요. 그날 꼭 경기장에 오셔서 한가람 고등학교의 강산을 응원해 주세요. 저도 그날 나가서 응원할 테니까, 저랑 같이 강산이가 KO로 우승할 수 있도록 도와주세요. 제 남친이 정말 강한 사람이 될 수 있게 응원해 주세요.]

그녀의 호소는 두 남학생의 마음을 움직였다. 이런 일을 그냥 두고 볼 수는 없었다. 어차피 대회는 주말에 열리니 얼마든지 시간을 낼 수 있었다.

"야, 대회 나가려면 어떻게 해야 하지?"

남학생들은 여학생의 남친을 때려눕혀 주기로 작정했다.

하윤이 강산의 사진과 체급, 대회까지 모두 밝힌 것은 이런 반응을 위한 것이었음을, 동영상을 접한 남자들은 전혀 눈치채지 못했다.

*　　　*　　　*

강산은 오랜만에 중원의 향수를 느끼고 있었다.

대회 참가를 위해 온 사람들 중에 많은 이가 그를 노려보았기 때문이다. 마치 자신을 척살하기 위해 파견된 무림맹의 고수들에게 둘러싸인 기분이었다.

"효과 지대론데?"

문대식의 말처럼 동영상의 효과는 확실했다. 친구들을 통해 알음알음 널리 퍼트린 결과였다.

사실 생활체육 복싱대회의 경기 방식은 최후의 승자가 나올 때까지 싸우는 토너먼트 형식이 아니었다. 체급별로 4~5명씩 1개의 조로 나눠 각 조의 1등을 시상하는 방식이었다.

즉, 강산을 때려눕히고 하윤이를 해방시키기 위해 몰려든 사람들은 모두 낚인 셈이었다.

하지만 누구도 항의할 수는 없었다. 그녀는 순수하게 응원을 해달라고 했지, 때려눕혀 달라고 한 적은 없었으니까.

"관중은 확실하게 모았어. 강산이 화이팅."

하윤이 주먹을 불끈 쥐며 화이팅을 했다. 강산은 웃으며 그녀의 머리를 쓰다듬어 주었다. 그러자 고양이 같은 얼굴로 기분 좋은 표정을 지었다.

"헐, 민수야. 하윤이 쟤 완전 불여우 아니냐? 촬영 끝나자마자 안면 몰수하던 거 봤지? 우리한테 하는 거랑 강산이한테 하는 거랑 전혀 다른 것도 그렇고. 진짜 불여우야."

"하윤아, 대식이가 너더러 불, 읍!"

"이 시키가! 죽을래?"

투닥거리는 친구들을 뒤로하고 강산은 계체량을 하는 곳으로 향했다. 안에서는 옷을 벗어야 하기에 하윤이는 함께 들어갈 수 없었다.

"아쉽다."

입맛까지 다시며 아쉬워하는 그녀였다. 강산은 머리를 한 차례 쓰다듬어 주고 안으로 들어섰다.

체중을 재려면 팬티만 남기고 옷을 벗어야 했다. 강산이 옷을 벗자 사람들의 시선이 쏠렸다.

밋밋한 몸도 아니요, 우락부락한 근육질도 아니었다. 군살 없는 미려한, 고운 근육질에 초콜릿 복근이 새겨져 있어 아름답게까지 느껴지는 육체였다.

"이야, 몸 좋은데?"

말은 칭찬이지만 그 속에 담긴 감정은 별로 좋지 않았다. 고개를 돌리자 짧은 스포츠머리에 눈이 쭉 째진 남자가 보였다.

"니가 강산이지? 그 동영상에서 말한 놈."

"그런데?"

"그런데? 허, 참. 이 새끼 봐라. 너 고삐리지? 어린 새끼가 혀가 반 토막이네."

중원을 떠올렸기 때문일까? 아주 잠깐, 남자의 혀를 반 토막 내줄까 하는 위험한 생각을 해봤다.

"어쭈? 새끼 눈빛 하나는 살벌하네. 암튼 너 오늘 임자 만난 줄 알아라. 작살을 내줄테니까."

"뭐해요? 체중계에 올라서세요."

심사관의 말에 강산은 남자를 무시하고 올라섰다. 63킬로.

통과였다.

"새끼, 쫄았냐? 이제 와서 봐달라고 해도 소용없다. 죽을힘을 다해 덤벼야 할 거다. 안 그러면 오늘 니 깔 내가 접수할테니까."

강산은 남자를 무시하고 옷을 입었다.

"참, 나랑 붙지 않을 거라는 생각은 버리는 게 좋을 거야. 내가 여기 좀 알거든?"

뭐가 그리 재밌는지 낄낄거린다. 그 재수 없는 웃음소리를 뒤로하고 출입구로 향하는 강산의 입가에 차가운 미소가 걸렸다.

'난 너 같은 놈 다루는 법을 잘 알지.'

가끔은 스트레스도 풀어줘야 하는 법이었다.

*　　　*　　　*

지글지글지글.

불판 위에 삼겹살이 익고 있었다.

일행은 계체량 측정이 끝나고 아침을 먹으러 왔다. 경기를 뛰려면 든든하게 먹어야 한다는 하윤이의 말에 고깃집을 찾은 것이다.

"산아."

"응?"

"쟤."

하윤이가 가리키는 곳을 보니 옆으로 쭉 째진 뱁새눈의 녀석이 있었다.

"신경 꺼."

녀석은 기분 나쁜—더러운—눈으로 하윤이를 쳐다보고 있었다. 마음 같아서는 달려가서 눈알을 쏙 뽑아버리고 싶었지만 참아야 했다.

어차피 합법적으로 팰 수 있는 놈이다.

"저 새끼 뭐야?"

고기를 굽던 대식이가 뒤늦게 놈을 발견하고 으르렁거렸다. 하윤이와 강산의 관계를 인정하면서도 다른 놈이 추근거리는 것은 못 봐주는 녀석이었다.

"똥오줌 못 가리는 놈, 아니, 그렇게 될 놈."

"뭔 말이야?"

강산은 아까 있었던 일을 말해주었다.

"삭은 게 아니라 진짜 나이가 들었나보네. 그나저나 이미 대진표가 나왔잖아. 일반부일 텐데 어떻게 너랑 붙는다는 거야? 새끼가 이상한 소리 지껄이네."

강산은 알 바 아니란 표정으로 어깨를 으쓱였다. 상대가 어떤 놈이든 그에게는 상관이 없었기 때문이다.

*   *   *

뱁새눈은 싸움 좀 하는 동네 양아치였다. 그런 그가 대회에 나오게 된 것은 복싱 체육관 코치로 일하는 후배가 보여준 동영상 때문이었다.

영상 속의 여학생을 보자마자 그는 후배가 다니는 체육관에 동생의 명의로 등록했다. 후배가 코치였고 신분증 확인까지는 하지 않았기에 할 수 있는 짓이었다.

대진표를 조작하는 것은 쉬웠다. 후배한테 부탁해서 대회 관계자에게 돈 좀 찔러주고 꼭 녀석과 붙게 해달라고 했다.

권위 있는 정식 경기도 아니고 동호인들의 축제나 다름없는 대회였기에 가능한 일이었다.

뱁새눈은 링 밖에 있는 하윤이를 바라봤다.

'고년 맛있게 생겼네.'

양아치답게 생각하는 것도 양아치다웠다. 녀석은 강산을 쓰러트리면 하윤이를 쉽게 자기 걸로 만들 수 있다고 착각하고 있었다.

이번에는 하윤이와 대화 중인 강산을 쳐다봤다.

몸은 좋지만 키도 그리 크지 않고 얼굴도 곱상한 녀석이다. 자신이 시비를 걸어도 눈도 마주치지 못하던 놈이다. 그런 녀석에게 자신이 질 거라는 생각은 추호도 들지 않았다.

"산아. 조심해."

강산이 질 거라는 생각은 하지 않았다. 그래도 막상 링 위에 오른 모습을 보니 걱정이 되었다.

글러브를 낀 손이 하윤이의 볼을 토닥였다.

"걱정 마."

쓸데없는 걱정이다. 하지만 가족 외에 자신을 걱정해주는 사람이 있다는 사실이 그의 마음을 따뜻하게 해주었다.

"산아. 어떻게 된 건지 모르겠지만 저거 고등학생 맞대. 뭔가 이상한데, 괜찮겠어?"

"야, 김민수. 그게 무슨 상관이냐. 산이라면 충분해. 난 오히려 기분 나쁘다고 저 새끼 병신 만들까 봐 걱정이다."

대식이는 직접 스파링을 해봤기에 강산의 실력에 대해 보다 객관적으로 느끼고 있었다. 당장 아마추어 세계 선수권 대회에 나가도 될 친구의 실력을 그는 믿었다.

강산은 민수와 대식이의 말에 웃어 보이며 경기장을 훑어보았다.

수많은 관중이 보였다. 어떤 이들은 호의로, 어떤 이들은 호기심으로. 사람들은 엇비슷한 감정을 담아 경기를 지켜본다. 그리고 그중 가장 압도적인 감정은······.

적개심.

그리고 그 적개심은 자신에게 향한 것이 아니었다.

"넌 오늘 뒈졌다고 복창해라."

뱁새눈이 이를 드러냈다. 눈치라고는 눈곱만치도 없는 녀석이다. 관중석의 분위기를 전혀 모르고 있었다.

"홍코너 한가람 고등학교, 챔피언 체육관, 가—앙—산!"

사회자의 소개가 끝나기 무섭게 엄청난 함성이 터져 나왔다.

"우아아아아!"

"꺄아아! 강산 오빠 화이팅!"

"믿는다, 강산아! 멋지게 KO시켜라!"

뱁새눈이 깜짝 놀라 그제야 주변을 둘러본다.

많은 이의 공분을 불러일으킨 강산이다. 사람들의 응원이 자신에게 향해야 하는 것을, 이 상황이 대체 어떻게 된 것인지 이해가 가지 않았다.

하지만 그건 당연한 일이었다.

"구 대리."

강창석의 나직한 부름에 구 대리가 자리에서 벌떡 일어나 막대풍선을 두드렸다.

탕탕탕, 탕탕!

"우—리 강! 산!"

탕탕탕, 탕탕!

"우—리 강! 산!"

아들의 첫 경기였다. 아비 된 도리로 그냥 지나칠 수가 없었다. 그래서 강창석은 자신의 부하 직원을 총동원해 응원을 나온 것이었다.

"어때? 이 정도면 우리 산이도 힘이 나겠지?"

뿌듯한 미소를 머금고 이선화를 바라본다. 그러나 부인의 눈초리는 그다지 곱지 못하다.

"강산이는 당연히 우승할 거예요. 그나저나 약속은 지켜야 해요?"

"야, 약속?"

"오늘 회식비 금액에 따라 당신 용돈이 결정되니까, 자알 판단하세요. 현아, 혜정아. 너희도 증인이다?"

"네."

"그럴게요."

옆 자리에 있던 강현과 이혜정이 동시에 답했다.

링 위에서 그 모습을 확인한 강산의 미소가 더욱 짙어졌다. 안 오실 것처럼 시치미를 떼시더니, 회사 직원들까지 동원하실 줄이야.

강현과 이혜정이 강산의 시선을 느끼고 손을 흔들었다.

혜정이와의 사건은 시간이 흐르면서 자연스럽게 해결되었다. 도화지기를 해결하자 그녀의 마음이 자연스레 강현에게로 돌아갔기 때문이다.

두 사람의 키스 사건은 의외로 간단하게 해결되었다.

혜정이가 퇴원한 후에 하윤이가 찾아간 일이 있었다. 무슨 이야기를 나누었는지, 그날 이후로 두 사람이 가까워지며 사건이 해결되어 버렸다.

왜?

궁금하긴 했다. 무슨 일이 있었기에 사이가 좋아지고 하윤이의 마음이 풀렸는지.

어쨌든 그 덕에 재밌는 일도 생겼다.

"꺄아아아아!"

"강산 오빠 화이팅!"

"강산아! 누나들이 지켜보고 있다!"

아빠 응원단의 건너편 관중석에서 소리치는 여학생들. 강산의 팬이냐고? 아니었다.

더블 퀸.

이혜정과 신하윤, 두 사람을 추종하는 팬클럽의 여학생들이었다.

초등학교, 중학교, 고등학교.

자신들의 남자를 지키기 위해 여자아이들의 정점에 선 이혜정과 신하윤의 합작품이었다.

아무것도 모르는 뱁새눈은 지금의 상황에 짜증이 났다. 아저씨들의 응원은 그렇다고 쳐도, 대체 여학생들까지 왜 이리 난리인가?

용서할 수가 없었다. 저 곱상한 얼굴을 엉망으로 만들어주겠다.

"으득. 이 새끼. 아주 조져 버리겠어."

강산은 뱁새눈을 쳐다봤다.

그래, 사실 뭐가 어찌 되었던 잘 풀렸으면 된 거다. 그간 귀찮은 일 없이 잘 살았고, 하윤이와 혜정이의 사이가 좋은 것은 전혀 나쁠 일이 아니었다.

강산이 파이팅 포즈를 취했다.

오늘은 그가 처음으로 세상에 모습을 드러내는 날이다.

대식이로는 성이 찰 리가 없었다. 그는 천생 무인, 그리고 마도의 절대고수였다.

이번 대회로 경기장에 있는 모든 사람들의 뇌리에 자신을 각인시켜줄 생각이었다.

땡!

공이 울렸다.

"응?"

"뒈져버려!"

퍼억!

이런 미친 새끼가…….

뱁새눈이 몸을 날려 강산의 복부를 걷어차고 있었다.

선빵필승!

뒷골목 싸움의 진리다.

뱁새눈은 애당초 복서도 아니었고 복싱을 하러 나온 것도 아니었다. 어디까지나 강산을 망신주고 여자를 빼앗을 욕망뿐이었다.

그래서 힘껏 걷어찼는데 발이 꿈쩍도 하지 않는다. 강산의 왼손이 그의 발바닥을 가로막고 꽉 붙잡고 있었다.

이 가소로운 새끼를 어찌할까?

강산의 뇌리에 순간 수백 가지 고문법이 스치고 지나갔다.

하지만 이곳에서 그런 짓을 할 수도 없었고 이대로 놈이 실격패를 당하게 둘 수도 없었다.

"브레……."

심판이 브레이크를 선언하기 직전, 강산이 발을 밀어내며 왼쪽으로 움직였다. 그리고 그의 라이트 훅이 뱁새눈의 안면에 틀어박혔다.

뻐억!

뱁새눈은 쓸데없이 소리를 치느라 마우스피스까지 뱉어낸 상태였다. 그 상태에서 틀어박힌 주먹은 녀석의 앞니마저 부러트렸다.

쿵!

공이 울리고 단 3초 만에 일어난 일이었다.

심판은 일련의 상황에 입만 벙긋거리고 있었다. 강산이 뒤로 물러나며 심판의 어깨를 두드렸다.

그제야 쓰러진 녀석에게 다가간 심판이 상태를 확인했다. 피투성이가 되어 눈까지 뒤집혔다.

넉 실리(Knock silly).

펀치를 맞고 기절한 상태로 아마추어에서는 보기 힘든 일이었다.

심판이 경기를 중단시키고 의료진을 불렀다.

강산의 KO승리였다.

*   *   *

경기가 끝나고 며칠이 흘렀다.

대회의 결과는 당연히 강산의 우승이었다.

참가자가 많아 총 3경기를 뛰게 되었는데, 3경기 모두 1회전 KO승을 거뒀다.

그로 인해 KBI, 한국 권투인 협회에서 발간하는 복싱 라이프라는 잡지에 실리기도 했다.

하지만 강산의 집안 분위기는 좋지 않았다.

"크흠."

강창석은 벌써 며칠째 부인의 눈칫밥을 먹어야 했다. 아들이 한 대도 맞지 않고 승리한 것에 고무되어 식당 하나를 통으로 빌려 버린 후폭풍이었다.

오늘도 맛있는 반찬은 전부 두 아들의 앞으로 가 있었고 자신의 앞에는 김치와 밥이 전부였다.

그렇다고 해서 반찬을 못 먹게 하는 것은 아니었다. 다만, 그의 잘못을 상기시켜 주겠다는 이선화의 의지였다.

"여보. 이번에 인센티브도 나왔는데……."

어제 회사에서 지급된 인센티브를 보여주며 화를 풀어보

려 했건만, 도무지 풀릴 기미가 보이지 않아 조심스레 이야기를 꺼내보았다.

"흥."

이선화는 콧방귀를 끼며 김치마저 쓰윽 가져가 버린다.

이쯤 되면 가장으로서 화를 낼 법도 하다. 그러나 아버지는 한 번도 어머니에게 화를 낸 적이 없었다.

'어쩔 수 없네.'

이럴 때는 두 아들이 나서야 할 때였다. 강산은 형과 눈빛을 주고받고는 반찬들을 쓰윽 아버지 앞으로 밀었다.

"현아, 산아. 지금 뭐하는 거니?"

인상을 찌푸리는 어머니의 등 뒤로 듬직한 아들들이 다가섰다. 그러고는 양쪽에서 어깨와 팔을 주무르기 시작했다.

"엄마, 그만 용서해 주세요."

"그래요. 아빠가 저 응원해 주시겠다고 그러신 건데. 이러시면 제가 죄송스럽잖아요."

요즘에는 아들보다 딸이 낫다고 한다. 그 말에 그녀는 별로 공감이 가지 않았다.

두 아들은 사고도 치지 않고 곧잘 애교도 부리곤 한다. 지금처럼 남편과의 사이가 냉랭할 때면 중간에 나서서 풀어주려고도 했다.

이 맛에 부부 싸움을 하나, 싶은 생각이 잠깐 들 정도다.

"여보, 애들도 그러는데."

멋쩍게 웃는 남편의 모습에 피식 웃음이 흘러나왔다.

결혼한 지도 벌써 20년이 흘렀다.

처음의 열정은 많이 식었지만, 남편은 지금까지 변함없이 그녀를 아껴주고 사랑해 주었다. 활활 타오른 후에 끊임없이 열기를 발산하는 숯 같은 사람이었다.

이선화는 그런 남편을 사랑했고 두 아들을 사랑했다.

"엄마, 아빠. 그러지 말고 이번에 두 분이서 여행을 다녀오시는 건 어때요?"

"여행?"

강산의 말에 이선화의 눈이 반짝인다.

"형이나 저나 이제 다 컸어요. 그동안 저희 키우시느라 고생하셨는데, 오붓하게 여행이라도 다녀오세요."

"그래요. 이왕 가시는 거 해외로 다녀오시는 건 어떠세요?"

강현이까지 나서자 거의 넘어간 이선화다.

"맞아, 여보. 다음 달에 해외 출장이 잡혀 있는데 같이 가지. 경비는 회사에서 내주니까 걱정 말고."

남편의 말이 결정적이었다.

"흐음. 생각해 볼게요."

말은 그렇게 하지만 어느새 남편이 좋아하는 반찬을 쓰윽 밀어주는 이선화였다.

강산은 부모님의 모습을 보며 슬며시 웃음을 지었다. 그러면서 한편으로는 걱정도 되었다.

'아버지.'

전생에서 아버지는 그를 지키기 위해 많은 것을 희생해야
만 했었다. 그 덕에 그의 존재가 세상에 알려지는 시기가 많
이 늦춰졌었다.

이번 삶은 여러모로 많은 것이 달라졌다. 이미 전생의 굴레
는 벗어났다고 보아야 한다.

그러나 그건 작은 굴레다. 보다 큰, 거대한 수레바퀴는 지
금도 천천히 돌고 있었다.

그 수레바퀴에 깔리지 않도록 준비하는 것은 그의 몫이었
다.

*　　　*　　　*

"강산이 왔냐!"

체육관에 들어서자 문춘수가 달려 나와 반겨주었다.

생활체육 복싱대회의 글러브는 대게 12~14온스 글러브를
사용한다. 프로 선수가 8~10온스, 아마추어 선수가 10온스
를 사용하는 것에 비해 무겁다.

글러브는 무거울수록 두꺼워 충격을 완화시킨다. 그래서
생활체육 대회에서는 KO도 드물고 넉 실리 같은 경우는 더
더욱 일어날 수 없는 일이었다.

그런 대회에서 전회 KO승리를 했다. 그것도 체육관 로고가 박힌 옷을 입고서.

강산이 들어서자 사람들이 일제히 그를 쳐다봤다. 대부분 강산의 경기와 하윤이 때문에 입관한 사람들이었다.

"사람이 늘었군요."

"크흠, 고맙다. 네 덕분이다."

고맙기도 했지만 미안하기도 했다. 본래는 그가 직접 대회에 함께 가줘야 했었는데, 체육관에 나오지도 않고 대회를 나간다고 해서 괘씸한 마음에 가지 않았기 때문이다.

강산이 복싱을 우습게 여긴다는 생각에 꽁했던 것이었다.

"산이 왔어?"

먼저 나와서 운동을 하고 있던 하윤이 땀을 훔치며 다가왔다. 반팔 티에 반바지를 입고 땀에 젖은 모습이 나이답지 않게 절묘한 매력을 드러내고 있었다.

"응. 나 잠깐 관장님하고 이야기 좀 할게."

"알았어."

생긋 웃으며 돌아서는 하윤이를 뒤로하고 강산은 관장과 함께 사무실로 들어섰다.

"그래, 오늘은 또 무슨 일이냐?"

설마 그만두겠다는 건 아니겠지?

"선수 등록은 어떻게 됐어요?"

"오늘 신청했다. 다음 주 중으로는 선수 등록증이 나올 거야."

"그럼 부탁 좀 드릴게요."

"부탁? 어떤 거?"

"전국 선수권 대회 출전하게 해주세요."

"뭐?"

"최단기간에 국가대표로 선발되도록 일정을 잡아주셨으면 해요."

"야, 강산. 너 진짜. 임마, 내년도에 열릴 신인 선수권 대회 부터 나가고 차분하게 해야지. 뭐? 최단기간 국가대표? 너 임마, 그러다 최단기간에 훅 간다?"

그만두겠다는 말보단 나았지만, 지금 말한 것도 황당무계하고 당혹스런 이야기였다.

생활체육 대회와는 수준이 다른 대회가 전국 선수권 대회다. 먼저 신인 선수권부터 출전하며 경험을 쌓아 나가는 것이 순서였다.

강산의 실력을 정확하게 가늠하지 못한 문춘수의 입장에서는 당연한 반응이었다.

"못 미더우시면 테스트를 해주세요."

"테, 테스트?"

"네. 괜찮으시다면 관장님이 상대해 주셔도 좋습니다."

이런 식으로 매번 부딪힐 수는 없는 일이다. 한번쯤 확실하게 자신의 실력을 보여주어야 했다.

"이놈의 자식이. 좋다. 니가 지금 날 무시하는 모양인데, 챔피언은 아무나 하는 게 아니라는 걸 보여주마."

문춘수의 눈이 불타올랐다.

도망칠 곳도, 숨을 곳도 없는 사각의 링.

그 위에서 인생을 배웠다.

수많은 관중 속에서 홀로 싸워야 하는 숙명, 자기 자신을 이겨낼 때에야 비로소 승리의 영광을 얻을 수 있다.

맞는 것을 두려워 말라, 맞으면 때려라, 물러서면 패한다.

그러기를 10년.

세계 챔피언에 오르고 링 밖으로 시선을 돌렸을 때, 그를 맞이한 것은 손바닥만 한 원룸과 간암 말기 선고를 받은 아내, 그리고 그녀의 품에 안겨 꼼지락 거리는 아들이었다.

임신을 하고 암 진단을 받은 아내가 아들을 낳기 위해 그 사실을 숨긴 것이었다.

"여보. 당신은 영원한 나의 챔피언이에요. 절대 포기하지 말아요."

그 말을 남기고 아내는 떠났다.

평생을 자신의 뒷바라지를 하며 헌신한 그녀의 뜻을 지켜주고 싶었지만, 현실은 냉혹했다.

통장에 들어온 올림픽 연금과 파이트머니가 이렇게 적을

줄은 몰랐다. 이 돈으로 아내가 어찌 살림을 했는지 이해가 가지 않을 정도였다.

뒤늦게 프로모터를 찾아가 따졌으나, 계약대로라는 답변만 받았고, 일가친척 하나 없는 그였기에 아들을 맡길 곳도 없었다. 운동을 계속하면서 아들을 돌볼 여력이 되질 않았다.

그렇다고 아내의 바람을, 복싱을 포기할 수 없었기에 결국 챔피언 벨트를 반납하고 돈을 빌려 체육관을 차리기에 이르렀다.

"건방진 놈. 오늘 프로의 무서움을 알려주마."

체육관을 운영하면서 복싱을 게을리하지는 않았다. 현역보다 체력 면에서 밀릴지는 몰라도, 그에게는 노련한 경험이 있었다.

강산은 기껏해야 아들과 스파링을 하고 취미로 하는 복서들의 대회에서 우승했을 뿐이다.

전회 KO승리를 했다고?

그 정도는 자신도 할 수 있다고 생각했다. 복싱은 펀치력이 전부가 아니니까.

"산아, 살살해."

"무슨! 아무리 산이라 해도 우리 아버지는 챔피언이야!"

"그래? 그럼 산아. 인정사정 보지 말고 해."

"그래, 인정사정 보지 말……."

대식이는 하윤이의 말을 수긍하려다 망설였다. 분명 아버지는 강하다. 운동을 쉬지도 않았다. 그런데도 불안한 마음이 슬그머니 고개를 든다.

힐끔, 강산을 쳐다봤다. 무심한 눈동자가 그에게 묻고 있었다.

진짜?

"…지 말고. 에, 그러니까 경로우대사상에 입각해서."

"이 노무 자식이!"

"아씨, 아빠! 연세를 생각하셔야죠! 강산이 이놈, 우습게 봤다간 큰코다치세요!"

"저, 저!"

문춘수의 얼굴이 시뻘겋게 달아올랐다.

세상에, 아들이라고 하나 있는 놈이 지 애비를 믿지 못하다니.

"아저씨. 아들이 걱정해서 그러는 거잖아요. 이해하세요."

눈치 없는 민수가 제 딴에는 친구 편을 들어준다고 저런다. 말리는 시누이가 더 밉다더니, 딱 그 꼴이다.

'오냐, 이놈들. 일단 끝나고 보자.'

다들 체육관에 등록한 녀석들이다. 특별 관리를 해주기로 마음먹으며 링의 중앙으로 향했다.

"헤드기어 안 쓰세요?"

"네 걱정이나 해라."

"그럼 시작하죠."

땡!

공이 울리고 두 사람은 신중하게 서로를 탐색했다.

'확실히 제법이야. 스텝도 가볍고 무게 중심도 잘 잡고 있어.'

막상 링 위에서 마주하자 완벽에 가까운 몸놀림을 보여주고 있었다. 자신이 어떤 공격을 하더라도 순식간에 대응할 수 있을 것처럼 보였다.

그러나 자신은 정통파 복서다. 원투, 잽만 1년 가까이 갈고 닦았을 정도로 기초부터 탄탄히 다져 왔다.

'살짝 가볼까?'

문춘수의 몸이 가볍게 좌우로 흔들리더니 순식간에 강산의 코앞으로 쇄도했다.

파팟!

코앞에 들어왔다 나가는 빠른 원투 잽에 강산이 반응하지 않았다.

'어떠냐, 윤석아.'

깜짝 놀랐을 거다, 문춘수는 그리 생각했다.

확실히 강산은 놀라고 있었다.

'배 나왔다고 무시할 게 아니군.'

슈퍼 플라이급은 115파운드, 약 52킬로그램이었다. 가벼운 몸놀림으로 승부하는 테크니션 타입이라 볼 수 있었다.

아무리 꾸준히 운동을 했어도 아저씨다. 배가 나오고 살이 쪘기에 느릴 거라 생각했다. 그런데 생각보다 더욱 빠른 원투였다.

강산은 슬쩍 고개를 숙여 인사를 했다.

받았으면 돌려줘야 하는 법!

그의 몸이 좌우로 물 흐르듯이 이동하더니 불쑥 문춘수의 앞에 나타났다.

'뭐야!'

깜짝 놀란 춘수의 가드를 뚫고 강산의 레프트 잽이 틀어박혔다.

팡!

안면에 잽을 적중당한 춘수가 다급히 뒤로 물러나며 원투를 날렸다. 바짝 따라붙으며 좌우로 고개를 까닥여 피한 강산의 라이트 잽이 다시 한 번 춘수의 안면에 닿았다.

출렁!

문춘수가 로프까지 밀려났다. 그러나 강산은 더 이상 따라붙지 않았다.

주룩

코피가 흘러나왔다.

"아빠, 피, 피!"

춘수가 피를 스윽 닦아냈다.

아들 보는 앞에서 망신을 당한 기분이었지만, 그보다는 놀라움이 컸다.

유려한 풋워크와 가볍게 잽을 피하던 좌우 슬립까지, 나무랄 때 없는 동작들이었다.

인정한다. 강산은 타고난 천재였다.

하지만 자신도 챔피언을 거저먹은 것은 아니었다.

"이거, 대충하면 안 되겠는 걸?"

아들 친구인데다 체육관에 도움을 주었기에 적당히 하려 했다. 그런 마음이 한 번의 충돌로 싹 가셨다.

문춘수의 전신에서 진정한 챔피언의 기세가 피어올랐다.

"사양하지 않겠습니다."

강산이 신중한 얼굴로 파이팅 자세를 취했다.

캐치(Catch)와 커핑(Cuffing).

상대의 주먹을 글러브를 벌려 막는 것을 캐치라 하고, 상대의 주먹을 쳐서 방어하거나 선제공격을 막는 기술을 커핑이라 한다.

이론적으로는 다들 알고 있지만, 실제로 능수능란하게 하는 선수는 드물었다.

그런데 문춘수와 강산은 능숙하다 못해 서로의 모든 공격을 이 두 기술로 받아내고 있었다.

퍼벅퍽퍽.

막고, 펀치가 날아오기 전에 반대편 주먹을 친다.

난타전과 같은 소리가 나면서도 서로 한 대도 적중시키지 못하는 이유가 그래서였다.

땡!

공이 울리고 문춘수는 코너로 돌아갔다. 어느새 3회전이 끝난 상태였다.

"후욱, 후욱."

질린 눈으로 강산을 바라보는 춘수의 곁으로 대식이 다가와 세컨드를 봐주었다.

"아빠, 진짜 멋져요. 역시 챔피언이세요."

아들의 감탄에도 마음이 편치 않았다.

다른 사람이 보기에는 문춘수가 강산의 펀치를 받아주며 상대해주는 것 같았지만, 그는 알고 있었다. 강산이 일부러 그의 주먹만 노렸다는 것을 말이다.

문춘수는 확실하게 노리고 주먹을 날렸다. 그가 자랑하던 콤비네이션 공격도 몇 번이고 시도했다. 그런데 그걸 강산은 일부러 아슬아슬한 척하며 받아내고 차단했다.

강산은 그러면서 문춘수의 글러브에만 정확하게 펀치를 날렸다. 그의 글러브가 어느 위치에 있든 말이다.

그래서 남들이 보기에는 춘수가 강산의 공격을 쉽게 막고, 강산은 겨우 막아내는 것으로 보였으리라.

괴물 같은 놈.

문춘수의 솔직한 심정이었다.

마음 같아서는 이쯤에서 끝내고 싶었다. 강산의 펀치가 남긴 데미지 또한 장난이 아니었다. 그의 다리도 가늘게 떨리고 있었다.

그때, 강산이 다가왔다.

"관장님. 오늘 정말 감사했습니다. 캐치와 커핑은 제대로 배운 거 같아요."

"응?"

이게 무슨 소리야? 이 기고만장한 녀석이 지금 내 체면을 세워주는 건가?

"역시 관장님이세요. 마음 같아서는 더 하고 싶지만, 내일 학교도 가야하고 어머니가 심부름 시키신 것도 있어서요. 이만 집에 가야 할 거 같은데요."

강산이 한쪽 눈을 찡긋했다. 그게 무슨 뜻인지 모를 문춘수가 아니었다.

"그래? 이거 아쉽네. 다음 라운드에서는 더킹과 위빙, 사이드 스텝까지 제대로 보여줄까 했는데. 심부름이 급한가 봐?"

춘수의 말투가 훨씬 부드러워졌다.

"네. 아쉽네요. 오늘 정말 감사했습니다."

강산은 춘수의 손을 잡아 인사를 하며 그만 들을 수 있는 목소리로 말했다.

"이정도면 됐죠? 아직도 못 미더우시다면……."

매일 스파링 해달라고 할지도 모릅니다.

문춘수의 귓가에 환청처럼 들려오는 뒷말이었다.

그래도 기분이 나쁘진 않았다.

강산.

어쨌거나 저 괴물 같은 녀석의 소속은 챔피언 체육관이니 까.

*   *   *

"정말 괜찮겠어?"

이선화는 처음으로 아이들만 남겨두고 일주일이나 여행을 가는 것이 불안했다.

"걱정 마세요. 제가 다 알아서 할게요."

강산을 보니 그나마 마음이 놓인다.

돌이켜보면 아기 때부터 유별난 녀석이었다. 말썽을 부리 지도 않았고 부모를 힘들게 하지도 않았다.

이번에도 형은 공부해야 한다며 밥 짓는 법, 빨래하는 법, 설거지, 청소까지 옆에서 보고 배웠다. 자신이 직접 한다는 것이었다.

이선화가 흐뭇한 미소를 머금고 두 아들을 껴안았다.

"그래. 로밍해 놓고 가니까 무슨 일 있으면 언제든지 전화 하고."

이제는 양팔로 보듬어 안지도 못할 만큼 훌쩍 자란 아들들이다. 언젠가는 품을 떠나겠지만, 그때까지는 엄마의 품에서 어리광을 부려주기를 작게 소망해본다.

"그럼 일주일 후에 보자."

멀어지는 차 안에서 뒤돌아보시는 어머니를 위해 현이와 산이는 보이지 않을 때까지 손을 흔들어주었다.

이윽고 차가 완전히 시야에서 사라지자 강산은 폰을 꺼내 들었다.

"가셨어."

탁탁탁탁.

규칙적인 소리가 방 밖에서 들려온다.

강현은 그 소리에 집중이 되지 않았다. 아니, 소리가 아니라 소리를 내는 사람으로 인해서다.

"산아. 이래도 되는 거냐?"

한창 웹서핑을 하던 강산이 고개도 돌리지 않고 말했다.

"뭐가?"

"부모님 안 계시다고 이러면……."

강산은 피식 웃었다.

"형."

"응?"

"챙겨주는 사람이 있을 때가 젤 행복한 거야."

생각해 보면 중원에서도 완전히 혼자였던 것은 아니었다.

광음소자와 백화옥녀.

지독하고도 끈질겼던 외로움이 그의 정신을 물어뜯지 않도록 해준 두 사람. 구박을 받으면서도 끊임없이 그의 곁을 지켜준 그들 덕에 중원에서의 마지막은 나쁘지 않았었다.

그것을 뒤늦게 깨닫지만 않았어도 훨씬 나았을 것을.

아니다. 그때 깨닫지 못해 지금의 가족을 만났다. 그리 생각하려니 두 사람에게 조금 미안한 마음도 들었다.

강현은 동생의 말에 어쩔 수 없다는 듯이 고개를 흔들다가 의자를 돌려 강산을 바라보았다.

"산아."

"응?"

"대체 복싱은 왜 하는 거야? 너 같으면 무슨 일을 해도 잘할 텐데."

끔찍한 고통을 당한 뒤로 동생의 특별함을 알게 된 강현이었다. 그러나 그러한 사실은 둘만의 비밀로 하기로 약속했기에 아무에게도 말하지 않고 있었다.

"돈 벌려고."

"겨우 그런 이유야?"

돈을 벌자면 굳이 복싱을 할 필요는 없었다. 강산이라면 무슨 운동을 해도 상관없는 일 아닌가?

"일단, 누구 밑에서 일하는 건 질색이야. 단체로 움직이는 것도 싫고. 사업 같은 것도 성미에 안 맞고 축구나 야구 같은 운동은 단체니까 더더욱 싫고. 오로지 혼자서, 실력으로 돌파할 수 있는 게 딱 좋아."

"그렇게 따지면 변호사는 어때? 의사도 괜찮아 보이는데."

"공부는 형이 해. 난 몸 쓰는 게 좋으니까."

"그럼 태권도나 유도 같은 건? 요즘엔 종합격투기도 잘 나가는 거 같던데."

"그건 나중에 봐서."

"나중에?"

"그래. 일단 복싱으로 금메달부터 딸 거야. 알아봤는데, 연금 받는 것도 괜찮겠더라. 세계 대회랑 올림픽에서 금메달을 따면 그게 다 점수로 합산이 된데. 110점까지 월 100만 원인가? 그 이상을 따면 일시금으로 나오고."

"뭔가 되게 쉽게 말한다?"

"나한텐 쉬워."

다른 녀석이 말하면 욕부터 하겠지만, 강산이 말하니 믿음이 간다.

그런데 조금 얄밉기는 했다.

"그래, 너 잘났다. 그럼 아예 올림픽 금메달을 싹쓸이하지 그러냐?"

"싹쓸이?"

호오, 그거 괜찮은데?

7장

못다 한 인연

강산은 곧바로 대한체육회 사이트를 찾았다.

'흐음. 혼자해도 되고 비교적 단순한 걸로.'

레슬링, 육상, 역도, 유도, 펜싱, 태권도 정도가 눈에 들어왔다.

레슬링과 유도는 뺐다. 남자끼리 끌어안고 멱살 잡고 용쓰는 건 내키지 않았다.

펜싱은 장비가 많은데다 낭창낭창 휘는 칼이 마음에 들지 않았다.

남은 것은 육상, 역도, 태권도.

생각보다 적어 보인다.

하지만 육상만 해도 19개—계주와 경보는 뺐다. 경보는 엉덩이를 씰룩이는 모양새가 싫었다—의 금메달을 딸 수 있고 복싱, 역도, 태권도를 합하면 총 22개의 금메달이다.

모두 획득하면 올림픽에서만 1,980포인트를 얻는 셈이었다.

'110점까지 연금 100만원에, 올림픽은 초과점수 10점당 500만원이니까……'

9억 3천 5백만 원을 일시장려금으로 받게 된다. 아예 연금을 포기하고 일시금으로 받으면 약 14억을 받게 되는 것이었고.

로또보다 낫다. 정부 기관에서 주는 상금은 세금을 떼지 않으니까.

하지만 강산은 곧장 욕심을 털어냈다. 그렇게 되면 너무 많은 관심을 받게 된다. 여기저기서 귀찮게 할 것이 뻔했고 가족도 시달리게 될 일이었다.

복싱 세계 챔피언에 오르고 계획대로만 된다면 14억이야 껌 값이니, 다른 종목은 일단 밀어두기로 했다.

"현아, 산아. 밥 먹어."

방문이 열리고 고개를 내민 것은 혜정이었다. 부모님이 여행을 가신다는 소식을 듣고 하윤이와 함께 집으로 왔다.

강산이 밥하는 방법을 배운 일은 그저 어머니를 안심시키기 위한 수단이었을 뿐이다. 해주겠다는 사람이 있는데 굳이 자신이 할 이유는 없었다.

밖으로 나오자 식탁 위에 진수성찬이 차려져 있었다.

"이걸 둘이서 다 한 거야?"

"아니, 난 거들기만 했어. 하윤이가 다 한 거야."

"이야, 하윤이 대단한데?"

평소의 모습을 생각하면 요리와는 거리가 멀 것 같은 하윤이었다. 강산이가 없는 곳에서의 하윤이는 냉정하고 차갑고 도도한 여자였으니까.

하지만 하윤이 요리를 잘하는 것은 어쩌면 당연한 일이었다.

아버지가 뇌졸중으로 쓰러지고부터 아버지를 보살피랴, 생활비를 벌어오랴 바쁜 어머니 대신에 집안일을 해야 했기 때문이었다.

강현의 칭찬에 하윤이 볼을 붉게 물들였다.

"어서 드세요."

강현이를 미래의 아주버님으로 여기는 하윤이다. 아무리 무서울 게 없어도 그 앞에서는 다소곳하게 변했다.

*   *   *

"가가."

간지러운 음성이 귓가를 두드렸다.

그리웠다. 분명 가슴을 찰박이는 이 감정은 그리움이었다.

"가가."

하지만 두 번째 부름에 그의 입에서는 감정과 다른 짜증이 실려 나왔다.

"그리 부르지 말라 했거늘."

힘겹게 눈꺼풀을 밀어 올리자 야명주 하나가 빛나고 있는 동굴의 천장이 보였다.

"하지만 소녀는 가가를 가가라 부를 수밖에 없는걸요."

목소리를 따라 눈동자를 움직였다. 머리맡에 미소 짓고 있는 여인이 보였다. 흑단 같은 머리카락을 부드럽게 틀어 올린 단아한 인상의 여인이었다.

눈앞의 여인, 그녀가 누군지 기억해내자, 강산은 그제야 이것이 꿈이라는 것을 알 수 있었다.

독행마 진천, 그의 중원 마지막 날.

그는 백화옥녀 유설의 다리를 베고 사그라지는 생명의 불꽃을 잠시 붙잡고 있었다.

"쯧. 말해 입만 아프지."

유설의 부드러운 미소가 더욱 짙어졌다.

"염아는?"

광음소자 직염.

유설의 다리를 베고 있는 것을 놀려야 할 녀석이 보이지 않았다.

"천하를 비웃어주러 갔지요."

"…다 죽어가는 노인의 목이 무어라고."

천하제일인.

그 허명을 얻으려 불나방처럼 달려드는 무인들을 향해, 호쾌하게 웃어젖히는 광음소자의 목소리가 들리는 듯 했다.

"그 노인을 위해 이 나이 먹도록 주안술을 유지하고 있는 소녀도 있는 걸요."

진천에게 늙은 모습을 보일 수 없다며 내공의 태반을 주안술에 쏟고 있는 유설이었다.

"얼어, 죽을. 팔순, 할망구가… 소녀라니."

힘겹게 말을 하고나니 몹시도 졸음이 쏟아져 왔다.

아직 한참은 더 핀잔을 줘야 하거늘, 이대로 끝낼 수는 없는 법이거늘.

"가가."

적어도, 그녀에게 고맙다는 말 한마디는 해주고 싶었거늘.

흐트러지려는 미소를 애써 부여잡은 채, 유설은 진천의 눈이 감기는 것을 가만히 지켜보았다.

이윽고 그의 눈이 완전히 감기었을 때, 그녀의 봉목에서 한 방울 눈물이 떨어져 내렸다.

"가가, 죄송해요. 소녀는 가가를 이대로 보내드릴 수가 없어요."

유설이 품에서 비수를 꺼내어 망설임 없이 자신의 손목을 그었다. 뿜어져 나오는 피가 바닥으로 떨어졌다.

바닥에는 기문진이 그려져 있었다. 한 치 깊이로 파여진 기문진의 길을 따라 그녀의 피가 채워지기 시작했다.

"내세에서는 제 마음을 받아주시길……."

그녀의 입에서 부드러운 노랫가락이 흘러나왔다.

도무지 알아들을 수 없는 기이한 노래, 그 노래가 힘을 더해갈수록 바닥의 기문진이 붉은 빛으로 물들어갔다.

천천히 눈을 뜬 강산의 입에서 가라앉은 음성이 흘러나왔다.

"천기신뇌. 그랬던 거였어."

과거 제갈량을 뛰어넘는 진법의 대가로 명성이 자자했던 천기신뇌(天機神腦)란 기인이 있었다.

천기신뇌는 부부간 금실이 좋기로도 명성이 자자했었는데, 그는 다음 생에서도 부인과 다시 만나기를 간절히 소망하며 하나의 절진을 만들기에 이른다.

구천귀혼대회진(九天歸魂大回陳).

자신의 생명을 담보로 발동시킬 수 있는 진법이지만, 그 효과가 무인에게 하등 쓸모없는 것이었기에 외면 받고 잊히게 된 비운의 진법이었다.

유설은 다시 진천을 만나기 위해 이 진을 펼친 것이었다.

강산은 침대에서 일어나 욕실로 향했다. 찬물을 틀어놓고 머리를 들이밀자 시원하게 쏟아지는 물줄기가 정신을 차리게 해주었다.

'유설.'

진법의 효용은 사용하지 않으면 알 수가 없는 일이었다. 다음 생에서나 성공여부를 가늠할 수 있었으니, 천기신뇌조차 이론으로만 정립해 놓은 진법이었다.

천기신뇌의 비서에서 구천귀혼대회진에 대한 내용을 보고 자신에게 달라 조르던 유설이었다. 그때는 이런 쓸데없는 진법에 왜 매달리나 싶었었다. 그런데 이리 사용할 줄이야.

그렇다면 대체 어디 있는 걸까?

비서에서 천기신뇌는 환생 후에 어떻게든 만나게 된다고 했었다. 그것은 본래의 자리로 돌아가려는 귀소본능과도 같아서 의식하지 않아도 서로 이끌린다고 쓰여 있었다.

하지만 전생에서 그녀를 만난 기억은 없었다. 그 정도의 본능적 이끌림이라면 한눈에 알아볼 수 있었을 테니까.

설마, 만나긴 했는데 알아보지 못한 건가?

'아니야, 분명 만나지 못했어.'

기억과는 별개로, 만났다면 이렇게 다시 살게 되지는 못했을 일이었다. 서로를 알아보지 못해도 만나면 의식하고, 의식하는 순간에 진법의 힘은 사라진다고 했었으니까.

그렇다면 회귀의 이유도 어느 정도 짐작할 수 있었다. 재회하지 못하고 한 사람이 죽었으니 진법의 힘이 작용해 회귀가 되었던 것 같았다.

삐, 삐삐삐.

현관문 열리는 소리가 들려왔다. 느껴지는 기척은 하윤이었다.

물기를 닦고 나가자 부엌에서 아침 준비를 하려던 그녀가 깜짝 놀랐다.

"어? 벌써 일어났어?"

시계를 보니 오전 5시 30분.

비밀번호를 일러달라기에 왜 그러나 했더니, 아침까지 준비해 주려 했나보다.

"잠깐만 기다려. 금방 되니까."

교복 위에 앞치마를 두르고 뚝배기에 물을 받아 불 위에 올렸다. 야채를 씻은 후에 도마에 올리고 썰기 시작한다. 능숙한 칼질과 안정적인 자세가 아줌마 저리 가라였다.

"하윤아."

"응?"

"너 혹시 환생했니?"

"환생?"

칼질을 멈추고 고개를 돌려 그를 쳐다본다. 커다란 눈이 두어 번 깜빡이더니 피식 웃고 다시 요리를 시작했다.

"뜬금없이 무슨 소리야?"

"유설이란 이름 알아?"

"유설? 모르겠는데."

"그래."

강산은 아닌가보다 하고 몸을 돌렸다.

탕!

갑자기 등 뒤에서 큰 소리가 났다. 고개를 돌려보니 나무 도마에 칼날이 삼분지 일쯤 틀어박혀 있었다.

"산아. 혹시나 해서 말인데."

"어."

"유설이란 사람 여자야?"

"그런데?"

하윤이 예리한 눈초리로 쳐다보았다.

가끔 드라마나 소설 속에서 환생을 한 사람이 전생의 연인을 찾는 경우가 있었다. 단지 상상 속의 이야기일 뿐이라 생각하지만, 강산은 종잡을 수 없는 구석이 있었다.

"난 말이야. 전생은 전생일 뿐이라고 생각해. 나한테 중요한 건 지금 내 곁에 있어주는 사람이거든."

단호한 얼굴로 말하고 다시 부엌칼을 잡았다.

'어라.'

그런데 생각보다 단단하게 박힌 칼이 빠지지 않는다. 한 손으로 도마를 지탱하고 한 손으로 당겨도 꿈쩍도 하지 않았다.

제대로 힘을 주자면 폼이 요상해질 거 같다. 강산이 보고 있으니 그러기가 망설여진다.

"줘 봐."

강산의 팔이 그녀를 감싸왔다. 등 뒤로 단단한 가슴이 느껴진다. 하윤의 볼이 홍시마냥 붉어졌다.

어렸을 때는 무슨 일만 있으면 강산의 품에 안겼었다. 그가 등을 쓸어주면 몸이 편해지고 마음이 따뜻해졌다. 그게 좋아서 평소에도 자주 품에 뛰어들곤 했었다.

하지만 초등학교 고학년이 되고 중학교를 거치면서 그러지 못했었다. 산이는 본래부터 먼저 안아주는 법이 없었기에 한동안 섭섭한 마음도 들었었다.

"자."

가볍게 뽑힌 칼이 눈앞에 보였다.

잠시 부엌칼을 바라보던 하윤이 손잡이 대신 강산의 손을 잡았다.

"난 산이 품이 제일 좋던데."

강산의 입가에 미소가 걸렸다.

그래, 전생도 전생이지만 현재도 중요하다. 유설도 어딘가에 환생을 했다면 자신처럼 잘 살고 있겠지.

하윤이를 감싼 팔에 조금 더 힘을 주었다.

훗날, 유설과 만나게 된다면 꼭 고맙다고 말해주리라 다짐하면서.

*　　　*　　　*

아치형의 커다란 창문으로 들이치는 햇살이 한 여인을 감싸고 있었다.

무릎까지 내려오는 하얀 스커트와 세련된 블라우스, 가느다란 목덜미를 지나 차분한 얼굴에 이르면 단아하고 청초한 한 떨기 목련을 떠올리게 만드는 미인이었다.

여인은 따스한 볕을 즐기며 반쯤 감긴 눈으로 창밖을 바라보았다. 마치 세상 저 너머를 보는 것처럼 아련한 빛을 발하는 눈동자였다.

똑똑

노크 소리와 함께 연륜이 담긴 목소리가 들려왔다.

"아가씨. 새로운 자료가 도착했습니다."

여인은 창밖에 시선을 고정한 채 대답했다.

"들어오세요."

듣는 이의 마음을 편안하게 해주는 음성이 그녀의 입에서 흘러나왔다.

문이 열리고 들어온 노신사가 가볍게 고개를 숙였다. 그의 손에는 서류봉투가 쥐어져 있었다.

절도 있는 걸음으로 다가온 노신사는 여인이 앉아 있는 테이블 위에 봉투를 올려두었다.

"필요한 게 있으시면 불러주십시오."

고개를 끄덕이자 노신사가 정중하게 허리를 숙이고 물러났다.

노신사가 문을 닫고 나간 뒤에야 여인이 천천히 고개를 돌렸다. 차갑게 식어버린 찻잔 옆의 봉투가 그녀의 맑은 눈동자에 비춰지고 있었다.

봉투를 집어 내용물을 꺼냈다. 두툼한 보고서였다.

보고서를 읽는 내내, 눈동자에 수많은 감정이 스쳐 지나가고 있었다.

안타까움, 회한, 안도, 그리움, 미안함.

그리고 분노.

마지막 장에 첨부된 사진을 보는 그녀의 눈꺼풀이 파르르 떨렸다. 바로 강산과 신하윤이 함께 찍혀있는 사진이었다.

그러나 분노는 오래가지 않았다. 이내 차분한 눈빛으로 돌아온 그녀가 손끝에 그리움을 담아 사진 속의 남자를 쓰다듬었다.

"가가."

백화옥녀 유설.

지금은 이서경이라 불리는 대하그룹 외동딸이 그녀였다.

"하아."

한숨을 내쉬며 보고서를 테이블 위에 올려두었다.

화낼 일이 아니었다. 이렇게 될 줄은 짐작도 못했을 뿐이었다.

"그래. 어차피 잠시만이야. 결국 가가의 곁에는 내가 서게
될 거니까."

자신은 대기업 총수의 외동딸이었다. 신하윤이란 아이와
는 애당초 게임 자체가 되지 않을 일이었다.

"천하제일인의 곁에 어울리는 사람은 바로 나야."

그녀의 차분하던 눈동자가 강렬한 빛을 발했다.

8장
파란의 대회

문춘수는 요즘 살맛이 났다.

관원이 부쩍 늘어 수입도 좋았고 소질이 있는 녀석들도 꽤
나 들어왔기 때문이다.

그중에 단연 압권은 강산이었다.

타다다다다.

줄넘기를 하는 모습도 예술이다. 발이 거의 땅에 닿지 않는
것처럼 보일 정도다.

그 옆의 하윤이는 또 어떤가. 남자 못지않은 뛰어난 운동신
경과 외모로 보는 그를 흐뭇하게 해준다.

"아빠."

"헉!"

한참 두 기대주—결코 하윤이만 본 건 아니다—를 바라보던 춘수의 눈앞에 아들의 면상이 떠올랐다.

순간적으로 잽을 날릴 뻔했다.

"커흠, 뭐냐? 훈련은 안 하고."

우승은 내년을 바라보지만, 올해 전국체전도 참가해야 했기에 최근 맹훈련을 하고 있는 아들이었다.

대식이 눈을 가늘게 떴다.

"발찌 차고 싶으신 건 아니겠죠?"

"뭐?"

"하윤이를 보시는 눈초리가……."

"이놈시키가!"

"아악!"

문춘수가 아들의 머리에 헤드락을 걸고 뒤흔들었다.

"이놈아, 니 애비를 그런 쓰레기 같은 놈들로 생각하다니. 아주 죽으려고 용을 쓰는구나!"

"알았어요, 알았어! 이것 좀 놓, 악!"

하윤이가 아무리 예쁘다고 해도 엄한 생각을 하는 것은 아니었다. 단지 관장으로서, 부모의 마음으로서 바라봤을 뿐이었는데, 불효막심한 녀석이 불한당 취급을 하다니.

춘수는 아들의 얼굴이 시뻘겋게 변해서야 머리를 놓아주었다.

괘씸한 놈. 한 번만 더 이상한 소리 했단 봐라.

"크아, 죽는 줄 알았네. 아빠!"

"귀 안 먹었다. 그런데 무슨 일이냐? 쉐도우는 다 뛰었어?"

대식이 혀를 차며 말했다.

"손님 오셨어요."

"손님?"

아들이 가리키는 곳을 보니 희끗한 머리를 단정하게 뒤로 넘긴 노신사가 잔잔한 웃음을 머금고 다가왔다.

"문춘수 챔피언 되십니까?"

"예, 뭐, 예전에는 그랬죠. 그런데 누구신지?"

"화이트 프로모션의 장경배라고 합니다."

화이트 프로모션은 꽤 유명한 곳이었다. 골프, 테니스를 비롯해 어지간한 규모의 스포츠 대회는 화이트에서 주최, 또는 후원을 해왔다.

최근에는 복싱에도 관심을 보인다고 들었지만, 동네 체육관을 직접 찾아올 이유가 없는 이들이었다.

게다가 건네준 명함을 보니 본부장이란다.

문춘수가 미심쩍은 눈초리를 했다.

"본부장이란 분이 혼자서 체육관을 다 찾아주시고. 어쩐 일이시랍니까?"

그 정도 직위에 있는 사람이 왜 혼자 다니냐, 너 화이트 프로모션 사람 맞느냐란 말이었다.

장경배는 노골적인 의심에도 웃음을 거두지 않았다.

"운동하는 친구들에게 방해될까 싶어 밖에 세워두고 왔습니다. 어차피 일은 제가 처리하는 거라서요."

문춘수는 곧장 창가로 다가갔다. 장경배가 기분 나쁘거나 말거나 상관없었다. 확인할 것은 해야 하는 법이었다.

창밖에 대형 세단이 한 대 세워져 있었고 수행원으로 보이는 두 사람이 서 있는 것이 보였다.

'참나. 무슨 일이래.'

완전히 의심을 거두지는 못했지만, 일단 이야기는 들어봐야겠다. 문춘수는 장경배를 사무실로 안내했다.

"차는 뭘로 하시겠습니까?"

"괜찮습니다. 시원한 물이나 한잔 주시지요."

"네, 뭐."

떨떠름한 얼굴로 물 한잔을 내온 춘수가 자리에 앉았다. 그리곤 곧장 본론을 꺼냈다.

"제가 운동을 해서 그런지는 몰라도 성격이 조금 급한 편입니다. 무슨 일로 오셨는지 바로 말씀해 주시겠습니까?"

"그러지요."

장경배는 물로 입술을 축이고 찾아온 이유를 설명했다.

"화이트 프로모션에서는 최근 사람들의 관심이 멀어진 스포츠 종목을 찾아 후원하기로 결정했습니다. 그 첫 번째가 바로 복싱이지요. 그래서 새로운 대회를 개최하기로 협회와 이

야기를 나눴습니다. 공문을 팩스로 보내 드렸을 텐데, 보셨습니까?'

근래에는 늘어난 관원들을 신경 쓰느라 메일이며, 팩스며 확인을 하지 못했었다.

"잠시만요."

춘수는 자리에서 일어나 팩스기로 향했다.

잔뜩 쌓여 있는 용지는 대부분 대출 광고였다.

'대출도 안 해주는 것들이.'

이미 꽤 빚을 지고 있는 그였다. 제1금융권도 몇몇 보였지만, 막상 전화를 걸면 수수료를 요구하는 불법 알선 업체 같은 녀석들뿐이다.

그 외에는 대부분 대부 업체나 다단계 광고까지, 죄 쓸모없는 것들만 있었다.

'이건가?'

상단에 대한복싱협회라 적힌 공문이 보였다. 그 아래 '제1회 전국 아마복싱 챔피언전' 이란 대회명이 있었고 주최 측에 화이트 프로모션이 명시되어 있었다.

천천히 공문을 읽어보던 춘수의 눈이 커다래졌다.

"미쳤나……."

전국 규모의 대회란 건 좋았다. 그런데 특별 이벤트 경기가 문제였다.

"무체급 토너먼트라고? 이걸 협회에서 승인해 줬단 말입니까?"

체급은 쉽게 생각할 문제가 아니었다.

운동선수는 일반인들에 비해 체지방이 거의 없다. 이는 체중이 나갈수록 근육의 양이 많다는 소리다. 달리 말해 근력 자체가 달랐다.

"선수 보호 차원에서 처음에는 허락할 수 없다고 하더군요. 하지만 MMA 같은 종합격투기에 비해 한국에서는 복싱의 위상이 많이 격하된 실정입니다. 그것을 타개하기 위해서는 사람들이 환호할 만한 경기를 보여줘야 하지 않겠습니까? 그 부분에서 충분히 합의가 된 상황입니다."

충분한 합의를 은근히 강조한다.

'꼰대 새끼들. 받아 처먹었구먼.'

스포츠 관련 협회들의 비리는 하루 이틀이 아니었다. 겉으로는 선수들을 위한다면서 선후배 관계 같은 학연과 지연, 그리고 이익에 움직이는 인간들이 많았다.

하지만 대다수의 감독이나 코치들은 달랐다. 일부 몰지각한 자들을 빼면 그들은 무엇보다도 선수의 안전과 발전을 원하는 이들이었다.

생각이 거기까지 미치자 문춘수가 여유롭게 말했다.

"아, 그렇군요."

왜 본부장이나 되는 사람이 조그마한 체육관을 찾아왔나 싶었다. 아마도 대부분의 실업팀이나 체육관에서 참가 의사를 비치지 않았기에 직접 설득하려는 것이리라.

"참가자가 별로 없어서 찾아오셨나본데, 이거 어쩌죠. 저도 그 대회에 선수를 참가시킬 생각이 없는데요."

무체급 토너먼트를 기획한 대회다. 협회의 꼰대들도 마음에 들지 않았다.

"흐음. 뭔가 오해를 하셨군요."

"오해요?"

"프로모션 측에서는 오히려 참가자가 많아서 문제였습니다. 제가 직접 여기까지 온 것은 유일하게 신청하지 않은 체육관이기에 궁금해서 와본 것이거든요. 이거 참. 괜한 시간 낭비만 한 거 같군요."

"뭐요?"

"가기 전에 조언 하나 해드리죠. 공문은 한 장이 아닙니다. 그럼 이만."

장경배가 자리에서 일어나 사무실을 나섰다.

"지랄. 뭐? 참가자가 많아?"

그럴 리가 없다. 이런 말도 안 되는 대회에 왜 참가를 한단 말인가?

무시하려 했지만 뭔가 묘하게 찜찜했다. 본부장이란 작자의 여유로운 모습도 불안했다.

인상을 구기고 있던 문춘수가 자리에서 일어났다.

'한 장이 아니라고?'

확인해 보니 한 장이 더 있었다.

"뭐야. 상금 안내를 따로 해? 어디보자, 각 체급별 우승자 상금 1억, 준우승자 5천만 원⋯⋯."

아무렇지도 않게 흘러나오던 목소리가 점점 작아졌다.

일반 체급별 우승자 1억, 준우승자 5천만 원.

무체급 토너먼트 우승자 10억.

각 우승자와 준우승자가 소속된 팀이나 체육관에는 지도자 지원금 3천만 원, 토너먼트는 5천만 원이었다.

"딸꾹."

국내 대회 중에서는 최고의 상금이었다.

밖으로 나온 장경배의 시선이 체육관을 훑다가 앉아서 쉬고 있는 학생에게 머물렀다.

'강산.'

그가 모시는 아가씨, 이서경은 뛰어난 여인이었다.

어렸을 적부터 두각을 나타내어 20살이 된 지금은 그룹의 대소사에 강력한 영향력을 미치고 있었다.

강산이 또래에 비해 성적이 뛰어나고 복싱대회에서 우승한 전적까지 있다지만, 아가씨에 비한다면 평범한 학생일 뿐이었다. 그런데 왜 그리 관심을 가지시는 건지⋯⋯.

하윤이라는 여학생의 말을 가만히 듣던 강산이 고개를 들어 자신을 바라봤다.

눈이 마주치자 녀석이 웃음을 지어보였다.

"음……."

그 순간, 장경배의 입에서 나직한 신음이 흘러나왔다.

*   *   *

강산은 줄넘기를 하다가 신경에 거슬리는 기척을 느꼈다.

'무인?'

체육관 벽의 전신거울을 통해 노인이 들어오는 것을 보았다. 걸음걸이 하나도 예사롭지 않았고 정련된 기세가 안으로 갈무리 된 것이 느껴지고 있었다.

이 세상에서 저런 자가 아예 없던 것은 아니었다. 그런데 묘하게 그의 감각을 자극하는 노인이었다.

격기(激氣)를 통해 내공의 유무까지 알아볼까 하다가 문 관장과 함께 사무실로 들어가는 것을 보고는 신경을 껐다.

수준이 높아봤자 그의 앞에서는 어린애 수준도 안 될 것이었다. 게다가 딱히 엮이지만 않으면 상관하고 싶은 마음도 없었다.

땡!

쉬는 시간을 알리는 공이 울리고 잠시 의자에 앉았다. 곁에 앉은 하윤이가 이런저런 이야기를 건네 온다.

강산의 현재 내공 수준은 예전의 반 정도였다. 솔직히 이 정도까지 회복할 생각도 없었다. 약 삼할, 30% 정도만 유지할 생각이었다.

하지만 뉴스를 보며 마음을 달리 먹었다. 건물이 무너지고 비행기에, 지하철에, 배에, 인재라 부를 만한 사건이 너무도 많이 일어나는 것을 보며 생각을 바꿨다.

만약의 사태에 가족을 지킬 수 있는 정도, 딱 그 정도만 가지고 평소에는 내공을 잊고 지내기로 했다.

한참을 이런저런 이야기를 하던 하윤이 그를 불렀다.

"산아."

"응?"

"저 할아버지 왜 저렇게 쳐다본데?"

고개를 돌려보니 자신을 뚫어져라 바라보는 노인이 보였다. 아까 그 노인이다.

날 아나?

호기심이 생겼다. 복싱에 관련된 사람이라면 잡지를 보고 알아볼 수도 있겠지만, 그보다는 노인에게서 느껴지는 무인과 흡사한 기도가 그의 관심을 끈 것이다.

단전에 잠들어 있던 내공의 일부가 꿈틀거렸다.

무공이라 할 만한 것을 익힌 자라면 조금 놀랄 거라는 생각에 짓궂은 미소가 지어졌다.

그리고 그 순간, 무형의 실오라기 같은 기운이 노인의 몸으로 쇄도했다.

"음……."

장경배는 갑자기 무언가가 전신을 간지럽히는 기분에 인상을 찌푸렸다. 마치 온몸을 누가 더듬는 기분이었다. 그게 격기란 걸 그는 알지 못했다.

격기는 자신의 기운을 상대의 기운에 부딪혀 내공의 수준과 성질을 알아내는 방법이었다.

강산의 기운은 장경배의 전신혈맥을 한차례 훑고 단전으로 치달았다. 확인해 보니 별로 대단할 게 없어서 곧장 단전을 확인하려 한 것이었다.

"흡!"

장경배는 터져 나오려는 비명을 꾹 참았다. 다리의 힘이 풀리려하자 허벅지를 강하게 붙잡고 버텼다.

강산은 그것을 보고 곧바로 기운을 거뒀다.

아무리 미약한 양의 기운이라지만 강산의 내공은 마공에 기반을 두고 있었다. 결코 얌전한 성격의 기운이 아니었다.

내공이 1년치라도 있었다면 약간 뻐근한 정도의 충격만 받았을 것이었다. 그러나 장경배의 단전에는 1개월 정도? 겨우 흔적이라고 할 기운밖에 없어 그 충격이 상당했다.

그래도 제법이다. 저 정도 기운이라면 현대에서는 손에 꼽힐 실력자였다. 충격을 버티고 서 있는 것도 대견했다.

이런 강산의 생각을 알았다면 장경배가 입에 거품을 물었을지도 모른다. 하지만 어쩌랴. 무공도 그렇고 전생을 모두 합하면 살아온 세월도 강산이 훨씬 많은 것을.

장경배는 수십 년을 전장에서 구른 용병이었다. 극한의 상황에서 살아남으며 수많은 실전 속에서 자신도 모르게 약간의 내공을 얻게 된 경우였다.

움직이면서 내공을 쌓는 행공(行功)이 저절로 이루어진 격으로, 무재를 타고난 사람이라 할 수 있었다.

하지만 이 시대의 고수라 할 수 있는 대부분의 사람들이 그러하듯이, 장경배 또한 내공을 임의적으로 다룰 줄은 몰랐다. 체계적인 내가기공은 없었기 때문이다.

그런 그가 은퇴를 앞두고 있을 무렵, 대하그룹의 사람이 찾아와 그에게 경호업무를 제의했다.

그렇게 해서 만나게 된 것이 5살 소녀, 이서경이었다.

'대체 이게……'

포탄이 터지는 충격으로 장 파열을 당한 기분이었다. 그나마 다행인 것은 진짜로 장기가 손상을 입은 거 같지는 않다는 사실이었다.

그는 겨우 몸을 수습하고 강산을 바라보았다.

'설마 저 학생이?'

말도 안 되는 생각이다. 아무래도 아가씨에 대한 생각 때문에 예민해진 것 같다.

'아무래도 좀 쉬어야겠어.'

새삼 나이는 못 속인다는 생각이 들었다. 애당초 강산을 직접 볼까하여 온 걸음이다. 장경배는 그대로 몸을 돌려 체육관을 나섰다.

그걸 바라보던 하윤의 표정이 좋지 않았다. 최근 이혜정이 요즘 인기 있는 거라며 보여준 만화책이 떠올랐기 때문이다.

물론 만화책의 주인공은 미소년이었지만, 애매하게 순진한 면이 있는 하윤은 괜히 신경이 쓰였다.

"저 할아버지 변태 아냐?"

"변태?"

하윤이 심각한 얼굴이 되어 강산의 팔을 붙잡았다.

"뚫어지게 너 보다가 얼굴을 붉히잖아."

졸지에 변태 할아범이 되고만 장경배였다.

*   *   *

문대식은 친구들과 함께 고깃집으로 향했다.

평소 돈 아깝다고 대회에서 입상하지 않는 한은 외식을 안하는 아버지다. 그런 아버지가 친구들까지 데리고 나오라니 의심부터 앞섰다.

'무슨 꿍꿍이지?'

강산이를 꼭 데려오라는 것을 보니 그와 관련이 있어보였다. 하지만 딱히 짚이는 일이 없었다.

"아들아, 여기다."

고깃집에 들어가자 아버지가 벌써 불판에 고기를 굽고 있었다.

"헐, 아빠. 뭔 일이에요? 삼겹살도 아니고 오겹살이네?"

"짜식. 아빠가 모처럼 네 친구들한테 밥 한 끼 사겠다는데 의심은. 뭐해? 어서들 앉아."

강산, 하윤, 민수가 각자 자리에 앉았다.

문춘수는 운동은 할 만하냐, 체육관에서 불편한 것은 없냐, 공부는 잘하고 있느냐, 등등. 일상적인 이야기를 하며 직접 고기를 구워주었다.

그러면서 끊임없이 강산의 눈치를 살피는 것이 요상했다.

"쩝. 아빠."

대식이 젓가락을 내려놓았다. 분명히 뭔가 할 말이 있어 보인다. 강산은 그런 것을 신경 쓰지 않기에 자신이 나서서 분위기를 만들어주어야 했다.

어쨌든 아버지가 하는 일이니 나쁜 일은 아니리라.

"응?"

"하실 말씀 있으시면 하세요. 그렇게 뭐 마려운 강아지마냥 끙끙거리지 마시고요."

하여튼 하나 있는 아들이란 놈이 애비한테 못하는 소리가 없다. 하필이면 강아지에 비유를 하다니.

그래도 역시 아들이다. 아무런 관심도 없이 고기만 먹는 산이에게 말 꺼내기가 어려웠는데.

강산이 이놈은 이상하게 부담스럽단 말이지.

"산아. 이번에 대회가 하나 열리는데 말이다."

"대회요?"

"그래. 대식이 너도 관련 있으니까 들어봐라."

춘수는 전국 아마복싱 챔피언전에 대해서 설명해 주었다. 이야기를 다 듣고 난 대식이 흥분을 감추지 못했다.

"장난 아닌데요? 꼰대들이 이런 경기를 다 열고. 어쩐 일이래요?"

"뭐, 이제는 이쪽도 경쟁이 심하니까. 먹고 살겠다고 MMA로 나가는 녀석들도 많아지는 추센지라, 이대로는 힘들다고 생각했겠지."

"그럼 저도 무체급에 출전할게요."

아직 혈기가 왕성한 나이답게 패기가 넘친다. 그러나 무체급은 너무 위험이 컸다.

"넌 아직 안 된다."

춘수가 강산을 슬쩍 바라보았다.

"산이라면 몰라도."

자신과의 스파링에서 보여준 실력이라면 가능할 것 같았다. 운동량도 8라운드는 가볍게 넘기니 충분해 보였다.

강산이 올림픽 금메달에 세계 챔피언까지 노린다는 것은 안다. 그것을 위해 최단기간의 일정을 원한다는 것도.

그러나 지금의 대회는 위험도도 높고 갑작스러운 감이 없지 않아 있었다. 게다가 돈이 걸려 있으니 문춘수의 입장에서는 괜한 양심에 찔려 눈치를 볼 수밖에 없었다.

양심에 찔려도 욕심을 부릴 수밖에 없는 것이, 강산이 우승만 해주면 무려 5천만 원이 생기게 된다. 그 돈이면 남은 빚을 거의 청산할 수 있었다.

'싫다면 어쩔 수 없겠지만.'

빚을 갚는 것이 급한 건 아니었다. 강산이 거절을 하더라도 크게 상관은 없었다. 이자가 조금 아깝고 시간은 걸리겠지만, 나중에 경기가 안 좋아지면 막노동이라도 겸하면 된다.

그리 생각하자 마음이 편해졌다.

"그런 대회면 상금도 꽤 있겠네요?"

갑자기 하윤이 끼어들었다.

"응? 그, 그렇지."

"얼마래요?"

국내 복싱대회는 대게 상금이 없거나 적었다. 말해주지 않으려던 건 아니었지만, 체면도 그렇고 괜히 껄끄러운 마음에 나중에 알려주려 했었다.

'내가 대체 무슨 생각을 하는 건지.'

자신답지 않다는 생각에 살짝 고개를 흔들었다.

"솔직하게 말하마. 무체급은 정말 위험한 경기야. 체급 차이는 결코 무시할 수 없는 거지. 왜 그런지는 알고 있지?"

아이들이 고개를 끄덕였다.

"그래서 난 거절하려고 했었다. 체급별 대전도 있지만, 이런 위험한 경기를 주최하는 놈들을 믿을 수가 있어야지. 그런데 상금이 좀 많더라."

문춘수가 상금에 대한 자세한 내용을 알려줬다. 지도자 지원금의 존재까지.

"미안하다. 돈 욕심이 좀 나더라. 그 돈이면 남은 빚도 어느 정도 청산할 수 있어서. 에이, 없던 일로 하자."

말을 하고나니 속이 시원했다.

그래, 애들 상대로 내가 무슨 생각을 했는지.

"강산아."

강산이 하윤이를 쳐다봤다.

"나가면 우승할 수 있겠어?"

"어."

한 치의 망설임도 없는 대답이다.

"그럼 나갈래?"

방송사 중계에 세계 대회 출전권까지 주어진다. 어찌 되었던 이런 기회를 마다할 그가 아니었다.

슬쩍 문춘수를 보니 눈을 빛내고 있었다.

생각해보면 그는 자신을 이용하려 한 셈이었다. 그러나 달리 생각하면 그 혼자 이득을 보자고 한 것도 아니었다.

어차피 전국대회를 거쳐 국가대표와 세계 대회를 노리고

있었다. 이번 대회로 그 기간을 좀 더 단축시킬 수 있으니 나쁘지 않은 일이었다.

거기에 더해 상금도 짭짤했다. 경기 일정도 겹치지 않으니 체급과 무체급 둘 다 출전해 11억을 받을 수 있다.

대식이의 말처럼 자신을 빤히 바라보는 문춘수가 강아지처럼 보였다. 조금 귀엽다는 생각도 들었지만, 그냥 수락할 그가 아니었다.

어디 보자, 그럼 8천만 원이라 이거지.

강산은 손을 들었다.

"여기요. 한우 꽃등심 추가요."

"10인분 주세요. 관장님, 남으면 싸갈게요."

곁에서 알뜰하게 챙기는 하윤이었다.

*   *   *

화이트 프로모션은 대하그룹에서 만든 스포츠 전문 프로모션 업체다. 원래는 자사 실업팀 소속 선수들의 프로모션만 하였으나, 이서경이 기업 이미지 쇄신을 목적으로 그 폭을 넓혔다.

그러나 그건 표면적인 이유일 뿐이었다.

"역시 예상대로군요."

대회 참가신청 현황을 본 이서경이 웃었다. 강산이 체급과 무체급 모두 출전 신청을 했기 때문이다.

장경배는 당연하다는 듯이 말하는 이서경이나, 두 경기 모두 참가하는 강산이나 이해가 가지 않았다.

챔피언전의 대회 일정은 다음과 같았다.

1일 차 — 개회식, 체급별 예선

2일 차 — 체급별 예선

3일 차 — 무체급 예선

4일, 5일 차 — 휴식

6일 차 — 체급별 8강전

7일 차 — 무체급 8강전

8일 차 — 체급별 4강전

9일 차 — 무체급 4강전

10일 차 — 체급별 결승

11일 차 — 무체급 결승

12일 차 — 시상식 및 폐회식

체급과 무체급 모두 예선은 3분 3라운드였지만, 본선은 체급 3분 6라운드, 무체급 3분 8라운드였다. 올림픽에 비하면 상당히 많은 라운드 수였다.

그런데 휴식은 예선이 끝나고 이틀밖에 없고 체급과 무체급 본선은 번갈아 치러진다.

즉, 두 경기를 모두 나가는 것은 비효율적이고 체력적으로도 불리한 일이었다. 실제로 두 경기 모두 나가는 사람은 몇

명 있지도 않았다.

이런 상황에서 무체급 토너먼트로 참가자가 몰려야 정상일 테지만, 그렇지는 않았다.

체급의 이점이 확실한 중량급 선수들, 웰터급 이상이며 실력이 확실한 이들이 무체급에 참가하는 것은 당연한 일이었기에, 그 이하 체급은 일찌감치 포기하고 체급전으로 향했던 것이다.

"복싱팀 창단 준비는 어찌 되고 있나요?"

"준비는 마쳤습니다. APB와도 협조를 하기로 했습니다."

APB는 AIBA, 국제 아마추어 복싱연맹이 만든 프로 복서 단체였다.

AIBA는 올림픽의 복싱 수준 향상과 인기를 높이고 프로로 떠나는 뛰어난 아마추어 선수들을 붙잡기 위해 APB를 만들었다.

국내와 달리 해외 프로복서의 인기는 대단했다. 받는 파이트머니도 상위권 선수들은 수백만 달러다. 여타 격투 종목은 비교가 되지 않을 정도였다.

그러다보니 올림픽에서 금메달 하나라도 따게 되면 그 이후에는 곧장 프로로 떠나는 선수들이 많았고, 그것은 아마복싱 측에서 보기에 전혀 달갑지 않을 일이었다.

우리나라야 병역의무와 프로 복싱계의 문제 때문에 아마추어를 벗어나는 복서가 드물었을 뿐, 해외와 같은 사정이었다면 프로의 세계가 이리 되지는 않았을 것이다.

그렇다고 이서경이 국내의 복싱 판도를 바꿀 생각으로 이런 일을 벌이는 것은 아니었다. 그녀의 목적은 단 한가지였다.

"본부장님. 이번 대회 잘 보세요. 전설이 시작될 겁니다."

"전설이라니요?"

장경배의 물음에 그저 미소를 보여주었다.

아무도 모를 것이다. 강산, 그가 어떤 인물인지.

이서경은 그를 천하제일, 세계 정상의 자리에 올릴 생각이었다.

아가씨가 무슨 생각인지 장경배는 짐작조차 할 수 없었다. 단지 강산이라는 학생을 염두에 두고 있다는 것만 확실할 뿐이었다.

하지만 아무리 생각해도 강산이란 학생이 파란을 일으킬 일은 없을 것 같았다.

이번 대회의 심판진 구성은 모두 협회 측이 알아서 하기로 했다. 그것은 달리 말해 얼마든지 판정에 대한 조작이 가능하다는 이야기였다.

'생활체육대회와는 격이 달라. KO를 할 수 있는 실력이라고 해도 상대가 도망가기만 하면 방법이 없을 테고.'

아마추어 선수들은 어렸을 때부터 전문적으로 훈련을 해온 선수들이다. 체고, 체대를 거쳐 수많은 경쟁을 하며 올라온 이들이다.

그 사실을 염두에 두면, 체육관을 다닌 지 얼마 되지 않은 강산보다 챔피언 아버지에게 어렸을 때부터 복싱을 배워온 문대식이 나아보였다.

*　　　*　　　*

땡!

공이 울리고 링의 중앙으로 다가서는 문대식의 얼굴은 죽을상이었다.

'빌어먹을. 왜 이렇게 된 거냐고!'

문대식은 이번 대회에서 패더급, 56킬로로 출전하기로 했다. 무체급은 힘들지만 체급전은 그도 다른 선수들에 비해 뒤처지지 않았기 때문이다.

처음에는 아버지나 자신이나 그저 경험삼아, 라는 생각이었다. 그런데 문춘수는 참가신청을 하고 온 날에 그와 강산을 조용히 불러 말했다.

"지도자 지원금, 중복 지원이라더라."

체급별 우승자와 준우승자 한 명당 소속 학교나 팀, 체육관에 지원금을 중복해서 지급한다는 이야기를 들고 온 문춘수는 아들을 강산의 스파링 파트너로 던져 주었다.

대식은 강산의 손을 꼬옥 붙잡은 아버지가 눈으로 하는 말을 환청처럼 들었다.

죽지만 않으면 되니, 꼭 우승하게 만들어다오.

문대식은 어금니를 꽉 깨물었다. 마우스피스가 아니었다면 어금니가 비명을 질렀을 것이다.

'아들을 돈에 팔다니!'

어차피 우승하고 싶은 마음은 그도 있었다. 그러나 당장 강산과 스파링을 시작하려니 원망스런 마음이 솟구쳤다.

하지만 이대로 물러날 그도 아니었다.

'그래. 이왕 하는 거 1승, 아니, 1무라도 올려보자. 199전 199패야. 더 이상 진다고 쪽팔릴 것도 없어.'

두 주먹을 불끈 쥐고 눈에 독기를 가득 담았다.

아버지를 닮아 리치가 짧은 대식은 빠른 풋워크로 인파이팅을 구사하는 하드펀처였다. 강력한 펀치력을 가졌기에 한 방만 제대로 터트리면 강산이라도 이길 자신이 있었다.

지금까지 단 한 번도 맞춰보지 못했지만, 대식은 자신이 그간 흘린 땀을 믿었다.

그는 빠른 무브 어라운딩으로 강산의 주변을 돌며 빈틈을 노렸다. 강산은 무덤덤하게 왼발을 축으로 몸을 돌리기만 할 뿐, 딱히 먼저 움직이지는 않고 있었다.

단순히 뛰어나다 정도로 설명할 수 없는 녀석이 강산이다.

공부면 공부, 복싱이면 복싱. 도대체 못하는 것이 뭔가 싶다.

'그 얄미운 얼굴에 한 방 먹여주마.'

옆으로 이동하나 싶던 대식이 바닥을 강하게 박찼다. 가드 사이의 눈동자가 불타오르고 있었다.

'녀석.'

어렸을 때부터 세계에서 가장 강한 남자가 되겠다던 친구였다. 치기어린 목표라고 할지라도 꾸준히 정진하는 모습이 보기 좋았다.

그간 자신에게 무수히 쓰러지면서도 포기하지 않고 도전하는 근성 또한 강산의 마음에 들었다.

지금도 변함없이, 물러섬 없이 저돌적이었다.

그것이 순수한 마도의 고수들을 떠올리게 만들었다.

툭, 강산은 얼굴을 노리고 날아오는 레프트 잽을 가볍게 쳐내고 사이드로 빠졌다. 그러자 오른 발을 강하게 디디며 라이트 훅을 날려 온다.

이전 같으면 가볍게 왼손으로 받고 라이트 스트레이트로 응징했을 터다. 그러나 이번에는 그러지 않았다.

최대한 녀석이 전력을 다해보도록 도와줄 셈이었다.

강산의 허리가 버들가지처럼 유연하게 뒤로 젖혀졌다. 상체를 이용한 스웨잉(Swaying)이란 회피 기술로 대식이의 훅이 눈앞으로 지나갔다.

훅이 빗나가자 앞으로 돌아오는 얼굴을 향해 레프트 어퍼컷이 올라온다. 그것마저 다시 가볍게 피하니, 오른쪽 팔꿈치를 옆으로 붙이며 허리를 뒤트는 것이 보였다.

강하게 내딛은 발과 허리의 회전력을 실어 내뻗는 강력한 펀치, 졸트(Jolt)의 자세다.

확실히 대식이 흘린 땀이 어느 정도인지 알 수 있었다. 근접하자마자 끊임없이 흐르는 콤비네이션 공격은 나름대로 강산의 감탄을 이끌어냈다.

'그런데, 이 자식이.'

문제는 기를 쓰고 공격하는 녀석이 노골적으로 강산의 얼굴만 노리고 있다는 것이다.

복싱의 특성상 안면을 많이 노려야 하는 것은 맞다. 그러나 녀석의 눈빛과 움직임이 확연하게 얼굴만 치겠다는 의지를 나타냈다.

지금도 녀석의 의도가 보였다. 낮은 자세에서 최단거리를 정하고 뻗는 라이트 스트레이트라면 복부를 노림이 맞다. 그런데 이게 또 얼굴로 날아온다.

강산의 눈초리가 매서워졌다.

붕!

스트레이트를 귓가로 흘리며 강산이 발을 반보 내딛었다. 그의 라이트 훅이 감정에 휘둘리는 어리석은 친구의 뺨에 친절하게 가르침을 새겨주었다.

퍼억, 마우스피스가 튀어나가며 대식의 몸이 빙글 돌다가 바닥을 울리며 쓰러진다.

"아욱, 젠장!"

고개를 흔들며 일어서는 대식이 바닥에 떨어진 마우스피스를 집으며 몸을 일으켰다.

강산은 그간 대식이를 상대하며 허투루 대하지는 않았었다. 그래도 친구라고 나름대로 실력이 성장하도록 도움도 주고 조언도 해줬었다.

얼굴을 노리는 것?

나쁘지 않다. 그러나 거기에 감정을 앞세워 무턱대고 달려드는 것은 문제가 있었다.

"대식아."

"왜?"

"예전에 말했는데. 감정에 휘둘려 시야가 좁아지면 필패라고."

잠시 멍하니 강산을 바라보던 대식이 마우스피스를 물고 자세를 잡았다. 그의 입꼬리가 슬며시 올라갔다.

깜빡했었다. 강산은 친구이기 이전에 그에게 멘토와도 같은 존재라는 것을.

처음에는 그저 때려눕히기 위해 용을 썼었는데, 어느 날부터인가 강산에게 많은 것을 배우고 있는 자신을 발견하게 되었다.

오늘도 마찬가지였다. 오랜만에 스파링을 하다 보니 한방

먹이겠다는 생각에만 매달렸다. 그것을 강산이 다시 한 번 깨우쳐 주었다.

대식이의 눈빛이 변했다.

강산이 그를 친구로 여기는 이유가 이런 것이었다. 포기하지 않고 잘못을 있는 그대로 받아들이고 고치려 최선을 다한다. 이런 녀석은 결국에는 성공하게 마련이다.

흐뭇하다. 제자를 가르치는 기분이 이런 것일까.

중원과 이전의 삶에서 얻지 못했던 많은 것들, 그것을 조금씩 얻고 있는 현재의 삶이 새삼 소중해지고 있었다.

두 사람의 몸이 다시 링 위를 누비기 시작했다.

스파링을 가만히 지켜보던 하윤이 문춘수의 곁으로 다가섰다.

"관장님."

"응?"

"저도 나가볼래요."

"어딜?"

"대회요."

문춘수가 하윤이를 가만히 쳐다보았다. 어차피 여성복서는 흔하지 않았다. 하윤이라면 경험삼아 한 번 나가보는 것도 괜찮겠다 싶었다.

하지만……

"발 쓰면 안 되는 거 알지?"

체육관에서 누구보다 잘 배우고 있는 하윤이지만, 어쩐지 불안한 마음이 들게 하는 녀석이었다.

*　　　*　　　*

아마추어 챔피언 대회에 대한 사람들의 관심이 높아지고 있었다. 다양한 언론매체를 통한 대대적인 홍보 때문이었다.

상금 또한 적지 않았고 개회식과 폐회식에 유명 가수들의 공연까지도 잡혀 있었다. 게다가 개, 폐회식과 예선전 관람은 무료이기까지 했다.

그러다보니 강산의 부모님도 대회에 대해 알게 된 것은 당연한 일이었다.

"아들, 설마 너도 나가는 건 아니겠지?"

이선화가 날카로운 눈으로 바라보았다.

아버지와 여행을 다녀온 이후로 한결 여유로워지고 부드러워지신 어머니다. 그런데 지금은 용의자를 심문하는 형사나 검사보다도 차가운 얼굴이 되어 있었다.

아무리 강산이라도 쉬이 말을 꺼내기가 어려웠다. 거짓말을 할 수도 없고 참으로 난감했다.

대답이 없는 아들이다. 나가는 것이 확실해 보였다.

이선화의 눈동자가 흔들렸다.

"하아."

한숨 속에 걱정이 가득 담겨 있었다. 그러나 딱히 뭐라 하지는 않았다.

그녀는 자리에서 일어나 안방에서 가방을 들고 나왔다.

"이거 매일 아침저녁으로 먹어."

식탁 위에 올려놓는 것은 보약이었다.

"말려도 듣지 않을 거 아냐. 대회 참가자격 알아보니까 나갈 거 같더라. 스테미나 보양식이야. 이왕 하는 거 열심히 해서 최대한 맞지 말고."

"그래. 맞지 말고 패라. 화끈하게. 내 몫까지."

옆에서 거드는 아버지의 말이 묘했다. 약이 안방에 있던 이유와 시선이 보약에 닿아있는 것을 보니 감이 왔다.

때때로 아이 같은 모습을 보이는 아버지였다. 아마도 보약 냄새라도 맡아야겠다며 안방에 두었을 것이었다. 어머니는 그런 아버지가 귀엽다고도 했었다.

"이런 건 아빠가 드셔야죠. 전 괜찮아요."

"배가……."

강산의 말에 강창석이 자리에서 벌떡 일어나 화장실로 향했다.

이선화가 눈을 쌜쭉하게 뜨고 남편의 뒷모습을 노려보았다. 그녀의 엄지와 검지가 단단하게 맞물려 있는 곳은 강창석의 허벅지가 있던 곳이었다.

"아빠는 아직 쌩쌩해. 그러니까 걱정 말고 잘 챙겨 먹어. 알았지?"

소림사의 대환단도 길가의 돌멩이 취급하는 그였다. 굳이 먹을 필요는 없었지만, 어머니의 마음이 담긴 것이었다.

"네. 먹고 힘내서 꼭 우승할게요."

화장실 문을 열고 들어갔던 아버지가 다시 고개를 내밀었다.

"산아."

"네."

"우승이 중요한 게 아니야. 다치지 않아야 한다. 알았지?"

"그래. 아빠 말이 맞아. 다치지 않는 게 우선이야. 절대 무리하지 말고,"

오히려 상대방 선수를 걱정해야 할 일이다. 그러나 부모님이 그런 사실을 알 리가 없었고, 설사 알았다 해도 자신을 걱정하셨을 것이다. 전생에서도 그러셨으니까.

"네, 알겠습니다. 조심할게요."

"일단 지금 하나 먹어."

이선화가 상자를 열어 비닐 팩을 하나 꺼냈다. 모퉁이를 잘라 빨대를 꽂아 건네준다.

"자, 마셔."

어색하게 웃은 강산이 빨대를 입에 물고 쭉 들이켰다.

약은 썼다. 그러나 마음만은 망고 주스만큼이나 달게 느껴졌다.

*   *   *

서울 중구에 위치한 장충체육관.

국내 최초의 돔 형식 실내 체육관으로 얼마 전에 현대식 체육관으로 리모델링 되었다.

문춘수는 체육관을 바라보며 감회에 젖었다.

1966년 6월 25일, 대한민국 최초의 세계 챔피언이 탄생한 곳이 바로 이곳, 장충체육관이었다.

당시 WBA 주니어미들급 타이틀을 거머쥔 이는 김기수 선수였다.

'나도 그렇게 되고 싶었지.'

아주 어렸을 때였다. 세계 챔피언에 오른 김기수를 보며 그는 복서의 꿈을 키웠다.

국민 영웅이 된 김기수가 시내 곳곳에서 카퍼레이드를 펼치는 모습이 얼마나 멋지고 자랑스러웠는지, 아직도 그날의 흥분이 느껴지는 듯했다.

당시에는 모두가 힘들고 어려웠던 시절이었다. 그런 시기에 탄생한 영웅은 많은 이들의 가슴에 기쁨을 안겨주었었다.

제1회 전국 아마추어 복싱 챔피언전.

커다란 현수막이 장충체육관에 걸려 있었다.

세계 챔피언을 가리는 대회는 아니었다. 그러나 지금까지 오랜 시간 침체된 복싱계에 새로운 바람을 불어넣어줄 수는 있지 않을까, 약간의 기대를 품어보았다.

계체량 장소로 향하던 강산이 걸음을 멈추었다. 무언가 익숙한 느낌이 그의 감각을 건드렸기 때문이었다.

천천히 주변을 돌아보며 감각의 날을 세우던 그의 시선이 지나가는 차에 머물렀다. 짙게 선팅이 되어 있는 고급 수입세단이었다.

안력을 돋워 내부를 살피자 여인의 뒷모습이 보였다.

"산아."

차가 사라질 때까지 바라보던 강산은 하윤의 부름에 그제야 몸을 돌렸다.

*　　　*　　　*

선수 대기실에 있던 강산은 대형 TV를 통해 주경기장에서 이뤄지는 개회식을 보았다.

[대한복싱협회 이상식 회장님께 뜨거운 박수를 부탁드리겠습니다.]

협회장의 개회사가 끝나고 축하공연이 시작되었다.

공연은 대형 콘서트를 떠올릴 정도로 화려하게 이루어지고 있었다. 다양한 가수와 복싱 퍼포먼스, 화려한 비보이의 공연까지.

"진짜 제대로 준비했네."

대식이 감탄을 했다.

표정을 보아하니 직접 보고 싶은 모양이다. 그러나 선수들은 곧 이어질 예선전을 위해 대기실을 벗어날 수 없었다.

"하윤이는 괜찮을까?"

체육관에서 스파링을 통해 그녀의 실력이 범상치 않다는 것은 확인했다. 그러나 이런 수많은 관중들 앞에서 벌이는 경기는 체육관에서 스파링을 하는 것과는 차원이 달랐다.

"괜찮아."

하지만 강산은 아무런 걱정도 들지 않았다.

아니, 걱정이 되긴 했다. 그러나 그의 걱정은 대식이 생각하는 그런 걱정이 아니었다.

하윤이는 지는 걸 싫어했다. 강산이 최고라는 생각에 그녀도 무엇이든 최고가 되려고 노력했다.

이번에도 마찬가지였다. 강산이 세계 챔피언이 된다면 자신도 되어야 한다며 대회 참가를 결정했다. 그러나 그것이 전부가 아닌 것 같았다.

무엇 때문인지 물어볼 수도 있었다. 그가 물어본다면 분명 말해줄 것이었다.

하지만 다른 사람도 아니고 하윤이가 숨기려는 것을 굳이 들춰낼 마음은 없었다. 대신, 그는 그녀가 지지 않도록 신경

써서 가르쳐 주기만 했을 뿐이었다.

[끝으로 이런 성대한 복싱 축제를 만들어주신 분을 이 자리에 직접 모셔 보겠습니다.]

공연이 끝나고 이번 대회에 대한 간략한 소개가 이어진 후에 한 사람이 무대 위로 올라왔다.

[화이트 프로모션의 이서경 이사님이십니다.]

"헐, 뭐야? 완전 연예인이네."

대식은 화면에 비춰지는 이서경을 보며 호들갑을 떨었다.

나이도 많지 않아 보이는 미인이 국내 최대의 프로모션 중 하나인 화이트의 이사라니.

"진짜 쩐다, 쩔어. 안 그러냐?"

강산은 그의 물음에 대답하지 못했다.

이곳에 올 때 보았던 차에서 뒷모습밖에 보지 못했지만, 화면에 나오는 여인이 그녀라는 것을 알 수 있었다.

익숙한 눈빛, 익숙한 몸가짐.

"뭐야? 이 자식, 저 여자한테 반한거야? 야, 정신 차려. 하윤이가 알면 어쩌려고?"

문대식의 말은 귓가에 들어오지도 않았다. 그의 눈은 오로지 화면 속의 여인에게 고정되어 있었다.

강산의 입가가 부드럽게 곡선을 그렸다.

'유설.'

백화옥녀 유설, 바로 그녀였다.

구천귀혼대회진의 소멸.

유설이란 확신이 들자마자 몸 안에서 무언가가 끊어져 나가는 느낌이 들었다. 그게 진법의 고리라는 것은 유설을 알아본 상황만큼이나 자연스럽게 깨달아졌다.

'이해할 수가 없군.'

비서에 따르면 두 사람이 서로를 알아보거나 의식할 때 진법의 힘이 소멸한다고 했다. 그런데 유설은 자신을 보지도 못했을 텐데, 진법이 소멸해 버렸다.

그럼 그녀가 자신의 존재를 알고 있다는 소리였는데.

'아니지.'

확실하게 검증되지 못한 진법의 효용이다. 비서에 쓰인 내용이 완전하다고 여겨지진 않았다.

강산은 유설을, 이서경을 가만히 바라보았다.

중원에서도 천하삼미(天下三美)로 꼽히던 그녀가 자신이 좋다며 죽는 날까지도 곁에 있었다. 그 마음을 모르는 바는 아니었지만, 이제 와서 그녀에게 다가감이 옳을까 싶었다.

지금도 그녀는 아름다웠고 화이트 프로모션의 이사로 남부럽지 않은 삶도 살고 있었다. 존경받고 행복해 보이는데, 굳이 끼어들 필요가 있을까 싶었다.

강산이 시선을 거두며 자리에서 일어나 손을 휘둘렀다.

"헉!"

대식의 손에 있던 휴대폰이 강산의 손으로 옮겨갔다. 화면을 보니 녹화를 하는 중이었다.

"저기, 강산아. 그게 말이지. 장난이야, 장난."

강산이 하윤이 외에 다른 여자에게 관심을 두는 모습은 처음이었다. 놀리기도 하고 약점도 잡을 겸 녹화를 하고 있었는데, 귀신같이 폰을 채갔다.

녹화를 취소한 강산이 폰을 돌려주었다. 대식은 어색한 웃음을 보이며 안절부절 못했다.

"스파링이 너무 편했구나."

스파링이 편했다고?

매일 헛구역질을 할 정도로 강도 높은 스파링을 겪었다. 아버지마저 혀를 내두르실 정도였다.

"야, 친구 사이에."

강산의 눈빛이 무심하게 빛났다.

"친구니까 더 챙겨줘야지."

어깨를 두드리는 강산이 지옥의 사자처럼 느껴졌다.

*　　　*　　　*

예선은 한 사람당 3경기를 치러 승리한 복서 중에 획득점수 순으로 총 8명을 본선 진출자로 뽑는다.

승자의 점수에서 패자의 점수를 뺀 최종 점수의 평균으로 진출자를 확정하기에, KO로 획득점수가 높아도 많이 맞은 선수는 떨어질 가능성이 있었다.

어쨌든, 요는 덜 맞고 많이 때리면 이긴다는 것이다.

여자부 예선은 참가자가 많지 않았기 때문에 첫날 치러졌다. 남자부 예선 1조도 첫째 날에 잡혀 있었다.

하윤은 총 3회의 대전 중, 첫 경기를 치르기 위해 링으로 올라왔다.

─홍 코너, 챔피언 체육관 소속, 신─하─윤─!

사회자의 소개와 함께 하윤이 가볍게 손을 들고 링 밖을 둘러보았다.

주경기장에는 총 9개의 링이 설치되었다. 빠르게 예선전을 치르기 위해 동시에 9경기가 펼쳐지는 것이었다.

'엄마.'

아빠의 병세는 많이 나아지셨다. 어느 정도 거동도 가능해지신 덕분에 엄마의 부담도 많이 줄어들었다.

하지만 10년이 넘었다. 아무리 산재보험으로 병원비가 나온다고 해도, 오랜 시간 입원하면서 든 돈이 상당했다. 그 대부분이 빚이었다.

그걸 알게 된 것은 얼마 전이었다.

찾을 것이 있어서 안방을 찾았는데, 침대 밑으로 삐쭉 튀어나온 우편물이 그녀의 호기심을 끌었다.

우편물은 빚을 갚으라는 독촉장이었다.

최근 들어 엄마의 건강이 유독 나빠진 것도 빚을 갚기 위해

무리하셨기 때문인 것 같았다. 그런데도 한 번도 자신에게 내색하지 않으셨다.

돌이켜보니 엄마는 옷도 몇 벌 없었다. 화장품도 샘플 정도만 쓰셨고 파마 한번 하는 것도 본 적이 없었다. 당신께서 쓰실 돈이 있으시면 모두 남편과 딸에게 주셨던 것이다.

이런 사실을 강산에게 말할 수도 있었다. 그러면 분명 도와줄 것이었다.

'아니야. 이건 내 일이야.'

그러나 그렇게 되면 지금까지의 관계가 깨어진다. 그녀는 강산의 곁에 설 수 있는 당당하고 강한 여자가 꿈이지, 그에게 의지하는 여자이고 싶지는 않았다.

"준비 됐나?"

심판의 말에 그제야 정신이 돌아왔다. 하윤은 가볍게 고개를 끄덕였다.

"파이트!"

시작 신호와 함께 상대편 선수가 글러브를 가볍게 내밀어왔다. 하윤도 가볍게 글러브를 맞댔다.

원투를 날리고 곧장 레프트 스트레이트를 뻗었다. 상대는 그걸 피하더니 레프트 혹을 날린다. 혹을 막으며 거리를 벌리자 이번에는 상대가 바짝 따라온다.

복싱으로는 하윤의 실력이 떨어지는 것이 당연했다. 대회에 참가한 선수들은 남녀를 가리지 않고 각자의 소속에서 최고의 선수들이니까.

'차고 싶다.'

따라붙는 상대의 복부에 킥을 날리고 싶은 것을 꾹 참았다.

이놈의 복싱은 뭐가 그리 복잡한지. 발을 쓰는 것 외에도 어디는 때리면 안 된다, 어디로는 치지 마라, 해서는 안 될 제약이 너무도 많았다.

워낙에 운동신경이 좋아 열심히 피하며 그럭저럭 버틸 수 있지만, 그것만으로는 부족하다. 그녀는 꼭 우승을 해야 했다.

땡!

1라운드가 끝났다.

"하윤아, 가드 바짝 올리고 카운터를 노려. 무리해서 쫓아가면 불리해."

문춘수가 어떻게 해야 할지 열심히 설명했다. 하윤은 그걸 들으며 강산을 떠올렸다.

'산아.'

그와 어울리는 여자가 되고 싶다. 그래서 복싱만으로 상대하려 했는데, 이대로 했다가는 질 것 같았다.

'미안해. 난 질 수 없어.'

저 복서도 자신의 꿈을 위해 달려왔을 것이다. 그러나 그녀에게도 꿈이 있었다.

'해보자.'

땡!

"신하윤 화이팅!"

문 관장과 민수의 응원을 받으며 자리에서 일어났다.

다가오는 상대 복서를 노려보는 하윤의 눈동자가 순간적
으로 붉게 물들었다.

붉은 눈동자와 마주한 상대 복서가 공격을 하려다말고 주
춤 물러선다.

픽!

상대의 안면에 잽을 작렬시켰다.

잽을 맞은 복서가 뒤로 물러났다가 다시 빠르게 치고 오려
는데, 또 다시 하윤의 눈이 붉어졌다.

주춤, 픽!

휘청, 팡!

중요한 순간마다 눈이 마주치면 어김없이 상대 복서의 동
작이 굼떠졌고, 하윤의 펀치가 원하는 곳에 정확히 틀어박혔
다.

강산은 하윤이 지거나 맞는 것을 원치 않았다. 그러나 룰이
없는 경기라면 모를까, 두 주먹만으로 싸워야 하는 복싱은 숙
련도가 중요했기에 배움이 짧은 하윤이 이길 가능성은 높지
않았다.

그래서 강산은 자신의 내공으로 벌모세수를 당한 거나 다
름없는, 하윤이만이 쓸 수 있는 방법을 가르쳤다.

마안(魔眼).

마기의 존재를 느낄 수 있게 인도하고 그것을 눈에 모을 수 있게 도왔다. 그것만으로 충분했다. 마기가 담긴 눈을 바라보는 것만으로도 상대는 오금을 펴지 못할 테니까.

무공은 아니다. 단순히 마기의 특성을 이용한 편법이다. 굳이 이름을 붙이자면 허세마공이랄까?

하윤은 상대선수의 눈을 무섭게 노려보고 접근했다.

'뭐야!'

눈이 마주치기만 하면 두려움이 솟구쳐 몸이 경직되었다. 날아오는 주먹도 똑바로 바라볼 수 있는 자신인데, 하윤의 눈빛은 차원이 달랐다.

자연의 분노를 두려워하지 않을 사람은 없었다. 눈앞의 태풍과 천둥번개 앞에서 당당하게 서 있을 사람은 드물었다.

그 원초적인 두려움 앞에 떨지 않을 사람은 없었다.

그렇게 마안의 첫 번째 제물이 탄생하는 순간이었다.

퍽! 퍼퍽! 퍽!

잽을 날리면 날리는 족족 얻어맞는다. 스트레이트와 혹도 그대로 들어갔다. 마치, 살아있는 샌드백을 두드리는 기분이었다.

하지만 얼굴은 때리지 않았다. 같은 여자로서 얼굴에 상처를 내는 일은 피해주고 싶었다.

'쓰러져라!'

대기실의 대형 TV가 9개의 경기장을 비추고 있었다. 그중에 하윤이 오른 링을 보는 대식이 주먹을 불끈 쥐었다.

"그래, 좋아! 그대로 턱을 날려!"

초반의 불안한 모습은 사라졌다. 2라운드가 시작되자 하윤의 러시가 이어졌다.

이제 결정타만 날리면 KO까지 가능해 보였다.

'흠.'

강산은 그걸 보며 고개를 끄덕였다.

마안은 계속 유지할 수 있는 것이 아니었다. 내공 없이 그저 전신에 남겨져 있는 마기를 그러모아 잠깐잠깐 쓰는 것이 전부였다.

그러나 그 효과는 탁월했다. 마안에 노출되는 순간 몸이 굳는다. 그래, 말 그대로 굳어 버린다.

마안을 쓰고 때리고, 쓰러지려는 복서에게 다시 마안을 쓰고 반대로 때리고. 상대 선수는 지금 쓰러지고 싶어도 쓰러지지 못하는 상황에 처한 것이었다.

'훌륭하구나.'

강산이 생각하기에는 그저 하윤이 마안을 제대로 사용하는 것으로만 보였다. 역시, 가르친 보람이 있는 녀석이다. 적은 철저하게 부수어야 하는 법이다.

하지만 경기를 지켜보는 사람들은 혀를 내둘렀다. 레프리

스톱이 나와야 할 것 같은 일방적인 경기였기 때문이다.

땡!

2라운드의 끝을 알리는 공이 울렸다. 사람들은 공이 선수를 살렸다고 생각할 정도였다.

공이 울리고 하윤이 물러서자, 상대 여자 복서는 그대로 허물어지고 말았다. 머리를 맞은 횟수는 현저하게 적었지만, 전신에 입은 타격이 누적되어 더 이상 버티지 못한 것이다.

주심이 신하윤의 손을 번쩍 들어주었다.

"하윤이 무섭다."

대식이 몸서리를 쳤다.

*　　　*　　　*

하윤의 예선은 이후 순조롭게 끝났다. 압도적인 기량─남들이 보기에─으로 남은 두 경기를 승리하고 본선 진출을 확정지었다.

하지만 정작 승리의 당사자는 관중석에 앉아 볼을 발갛게 물들이고 있었다.

"허, 우리 하윤이 실력이 대단하구나."

"그러게요. 대회 나간다는 소식을 듣고 다칠까봐 얼마나 불안했었는데. 어디 보자, 어디 아픈 곳은 없고?"

"…네."

"본선은 더 위험할 텐데. 괜찮겠어?"

이선화의 시선에 걱정이 가득 담겨 있었다. 그것을 보며 하윤이 작게 고개를 끄덕였다.

강산의 부모님께 이런 모습을 보여드리기는 싫었다. 그러나 이번 대회를 포기할 수는 없는 입장이었다.

"하윤아."

이선화가 하윤의 손을 잡았다.

"너무 산이를 따라가려 하지 않았으면 좋겠어. 산이 저놈은 엄마인 내가 봐도 인간 같지가 않아. 그저 하윤이는 지금처럼 예쁘게 산이 곁에 있어주기만 해도 좋다고 생각해."

뭐든지 잘하는 아들이다. 그런 녀석의 옆자리를 지키기 위해 하윤이 얼마나 많은 노력을 하는지 잘 알았다.

"참, 하윤아. 어머니가 식당에서 일하신다고 했지?"

강창석의 물음에 하윤이 고개를 끄덕였다.

"네."

"집에 가거든 어머니께 여쭈어 보거라. 아저씨 회사에서 이번에 구내식당 아주머니를 새로 구하거든. 전에 어머니 음식 솜씨가 좋으시더라."

자식이 친하면 부모도 친해지는 경우가 많다. 그건 하윤의 어머니와 이선화도 마찬가지였다.

이선화는 하윤의 사정이 안 좋다는 것을 알고 있었다. 그렇다고 함부로 도울 수도 없어서 지켜보고 있었는데, 하윤이 대회에 나간다는 것을 알고는 남편과 상의를 했다.

때마침 강창석의 회사 구내식당에서 사람을 구하고 있었다. 일반 식당보다 급여도 괜찮았고 근무 조건도 좋았다.

게다가 강창석의 직위도 지금은 사업 본부장이었다. 약간의 힘을 써서 하윤의 어머니가 좋은 대우를 받게 해주는 것은 일도 아니었다.

"아저씨."

하윤이 그걸 모를 리가 없었다. 그녀의 눈에 물기가 묻어났다.

"어지간하면 우리 회사에서 일해 주셨으면 좋겠구나. 잘 말씀드려 주거라. 알았지?"

강창석이 따뜻한 미소를 보여주고 이선화가 하윤을 감싸 안았다.

"하윤아. 우리도 널 아주 많이 아낀단다. 그러니까 힘들면 말했으면 좋겠어. 사실 어른들이 할 수 있는 일이 더 많잖니? 그러니까 부담 없이 힘들 땐 손을 내밀어도 괜찮아. 산이가 속 썩이면 말하고. 아주 혼쭐을 내줄테니까."

강창석과 이선화는 하윤이 마음에 들었다. 어려운 가정환경에서도 훌륭하게 자라주었고 자립심도 강한 아이였다. 이런 아이라면 아들에게도 훌륭한 부인이 되어줄 수 있을 거라 생각했다.

"네, 그럴게요."

이선화가 그녀의 등을 토닥여 주었다. 강산의 품에 안겨있을 때만큼이나 이선화의 품도 따뜻했다.

"어, 산이 나왔다."

이선화의 말에 하윤이 몸을 바로 했다. 촉촉하게 젖은 눈가를 훔치고 강산을 향해 소리쳤다.

"강산아! 화이팅!"

그 여느 때보다도 기운 넘치는 목소리였다.

*　　　　*　　　　*

올림픽에 참가할 수 있는 선수는 아마추어 선수이다.

아마추어. 사전적 의미로는 비전문가를 뜻한다.

그러나 현실을 보자면 프로보다 더욱 프로 같은 것이 아마추어 선수였다.

어렸을 때부터 온갖 특혜를 받아가며 올림픽 금메달에 모든 것을 건 사람들, 그들은 개인의 자유를 포기하고 태릉선수촌에 들어가 그들이 시키는 대로 관리 받은 후에야 비로소 국가대표가 될 수 있었다.

국가관리형 엘리트 복서들, 그 대부분이 체고, 체대, 실업팀 선수들이다.

링에 올라 무심하게 주심의 주의사항을 듣던 강산의 귀에 상대 복서의 음성이 들려왔다.

"기어나가게 해주지."

강산은 그 말에 피식 웃음이 흘러나왔다.

나름대로 겁을 준다며 인상을 잔뜩 일그러트리고 한다는 말이 저거라니.

"새끼 봐라? 겨우 생활 대회에서 우승한 거 가지고 깝죽대기는. 넌 오늘 뒈졌다고 생각해라."

강산은 상당히 유명해져 있었다. 동영상 때문이기도 했고 생활체육 복싱대회에서 전회 KO승으로 우승한 전적 때문이기도 했다.

하지만 스스로를 엘리트라 생각하는 복서들에게 그의 유명세는 질투와 시기의 대상이었다.

게다가 강산이 체육관 출신이라는 것도 그들의 마음에 불을 붙였다. 예전과는 달리, 지금은 체육관에서 복싱을 하면 취미로 하는 것뿐이라는 인식이 컸기 때문이다.

취미로 하다가 운이 좋아 우승한 주제에 무체급까지 출전한다니, 이건 자신들을 무시하는 건방진 놈이란 생각이었다.

땡!

"파이트!"

공이 울리고 주심의 경기 시작 외침과 함께 가볍게 잽을 먹여주려던 강산의 인상이 일그러졌다.

상대 복서의 발이 자신의 발등을 꾹 밟았기 때문이다. 그 상태에서 녀석이 라이트 훅을 뻗어온다.

뻑!

왼팔을 들어 훅을 막으며 주심을 슬쩍 쳐다보니 모르는 척하고 있었다.

'이렇게 나오시겠다?

링에 오르기 전, 문춘수가 주의를 주었었다. 대회가 대회니만치 편파판정이 있을 수도 있다고. 지들끼리 상금을 나눠먹으려 할지도 모른다는 말이었다.

"주심! 발! 발 밟았잖아, 새끼야!"

문춘수가 버럭 소리를 지르자 주심이 인상을 꽉 찡그린다. 그러면서도 일단 두 선수를 물러서게 만들었다.

그리고 다시 재개된 시합, 이번에는 놈이 바짝 붙으며 이마를 들이댄다.

'이 새끼들이.'

강산의 눈이 무섭게 가라앉았다.

9장
조금씩 조금씩

이서경은 강산의 경기를 지켜보았다. 상대방의 반칙에 주심은 최소한의 주의만 주고 있었다.

애당초 이번 대회를 깨끗하게 만들 생각은 없었다. 그래서 심판진에 대한 권한도 전부 협회에 맡겼었다. 그렇지 않았다면 공정한 경기를 위해 심판진 선정에도 그녀가 끼어들었을 일이었다.

모든 것은 그를 위해서였다.

"진흙탕에 피는 꽃이 더욱 빛나는 법이죠."

깨끗한 경기에서 강산이 평범하게 우승하면 뛰어난 복서로 인식될 뿐이었다. 그러나 온갖 시비를 이겨내고 우승하면 그는 절대적인 복서로 인정받게 될 것이었다.

강산이 질 거라는 생각은 전혀 하지 않았다. 그는 절대자다. 그의 실력으로 패배는 있을 수 없다.

이번 대회에서 그를 단숨에 국내 최고의 복서로 만들 생각이었다. 그리고 그를 정식으로 화이트 프로모션 소속으로 만들어 세계 최고의 복서로 올릴 생각이었다.

그리고 그 곁에 설 것이다.

*   *   *

SBC방송국은 이번 대회에 크게 기대를 걸지 않았었다. 프로 복싱계가 복서의 고혈을 빤다면, 아마추어 복싱계는 그들만의 리그였기 때문이었다.

아마추어 대회에서는 심한 경우 우승을 돌려가며 하기도 한다. 아무리 실력이 뛰어나도 상대가 선배란 이유로 양보해야 할 때도 있고, 후배란 이유로 출전을 못하는 경우도 있다.

이번에도 그럴 거라 생각했다. 그래도 중계를 하는 것은 대하그룹 때문이었다.

'대체 무슨 생각인지.'

이번 대회의 중계를 맡은 담당PD 오채환은 반쯤 벗겨진 머리를 쓰다듬으며 한숨을 내쉬었다.

그도 과거의 영광을 기억하는 남자였다.

한국 초대 세계 챔피언 김기수를 비롯해 홍수환, 유제두, 염동균 등등. 대한민국이 수많은 챔피언을 배출하던 시절에 그의 가슴도 뛰었었다.

하지만 지금은 아니다. 치열한 프로의 링은 생활고를 걱정해야 했고 아마추어는 금메달만을 목표로 그들만의 리그를 뛴다.

생활고 때문에 프로에는 뛰어난 선수가 줄어들었고, 아마추어는 득점만을 노리는 정형화된 경기가 되어 버렸다.

헤드기어를 벗기고 프로와 아마의 경계를 무너트리려는 노력도 종합격투기, MMA의 인기를 의식한 몸부림일 뿐이다. 그래도 국내에서는 되돌리기 힘든 일이었다.

그런 상황에서 이런 대회를 주최하고 방송 중계까지 하게 만드는 대하그룹의 속을 알 수가 없었다.

'어디 천재복서 하나 안 나오려나.'

사람들의 이목을 확 잡아끌어줄, 세계가 놀랄만한 기량의 복서가 필요했다. 중계를 맡지 않으려던 그가 맡은 것도 혹시나 그런 선수가 있을까 싶어서였다.

그런데, 있었다.

"어!"

*　　　*　　　*

3분 중에 2분이 지났다.

발차기만 안 쓴다 뿐이지 상대 선수는 할 수 있는 모든 반칙을 쓰려했다.

새롭게 변경된 아마추어 규정으로 이번 대회에서도 남자부는 헤드기어를 착용하지 않았다. 그러다보니 안면이 훤히 드러나는 상황이었다.

클린치를 하며 엄지로 눈을 찌르는 더밍은 기본이요, 팔꿈치로 치려하고 목덜미까지 노린다. 최대한 교묘하게 한다지만, 강산의 눈에는 그런 시도들이 훤히 보이고 있었다.

일찌감치 응징을 가할 수도 있었다. 그러나 어느 정도까지 재롱을 부리나 지켜보고 싶었다.

'막장이군.'

이건 뭐, 답이 없다. 너무도 고의적인 밀어주기다. 이 정도라면 채점을 하는 심판들도 한통속이리라.

강산은 빠르게 거리를 벌렸다. 상대가 곧장 쫓아오며 잽을 날린다. 그것을 가볍게 쳐서 비껴냈다.

남은 시간은 30초.

퍽!

강산의 잽이 안면에 깔끔하게 들어갔다.

이대로 조금만 위험하게 되어도 주심이 두 선수를 갈라놓는다. 그렇게 둘 수는 없었다.

남은 시간 29초.

강산이 한 호흡에 움직였다. 원투에 이은 레프트―라이트 훅, 보디 블로, 보디 블로, 그리고 어퍼컷이 깔끔하게 작렬했다.

쿵!

상대 복서가 육중한 소리를 내며 링 위에 대자로 쓰러졌다.

남은 시간 28초.

"……."

순식간에 일어난 일에 주심도 멍하니 서 있었다.

20세기 최고의 복서, 무하마드 알린의 잽이 초당 8회라고 한다. 그런데 그건 잽이다. 지금처럼 훅과 어퍼컷이 섞인 것이 아니었다.

주심은 정신을 차리고 강산을 물러서게 한 뒤에 쓰러진 선수에게 다가갔다. 상태를 확인한 주심이 의료진을 불렀다.

생활체육 복싱대회에서도 벌어진 일이 정식 아마추어 대회에서 또 다시 벌어졌다. 넉 실리였다.

'가소로운 것들.'

강산의 시선이 한심한 심판들을 훑고 지나갔다.

문춘수의 목소리가 대기실을 쩌렁쩌렁 울렸다.

"강산아! 역시 니가 짱이다! 우하하! 봤냐? 심판 새끼들 얼굴이 뭐 먹은 것처럼 된 거? 아주 통쾌했다!"

강산은 예선 3경기를 1회 KO로 승리했다. 그것도 일방적으로 포인트를 딴 채로.

심판들은 아예 3번째 경기에서는 포기했다. 누구 손을 들어주고 할 것도 없이 순식간에 승패가 갈라지는 것을 막을 수가 없었다.

"일단 최종 결과는 나와 봐야 알겠지만, 이 정도면 시비 없이 끝날 거 같다. 잘했다!"

어설프게 점수가 오갔다면 강산이 불리했을 것이었다. 그러나 이렇게 일방적으로 깨끗한 상태라면 점수 차도 확실하게 날 테니 걱정이 없었다.

"아버지. 저도 다 이겼거든요?"

한쪽 눈이 퉁퉁 부은 대식이 대기실의 짐을 챙기며 볼멘소리를 했다.

1라운드 KO는 못했지만, 그도 3라운드가 끝나기 전에는 상대방을 쓰러트렸다.

다만 산이나 하윤이만큼 깨끗하지는 못했다.

"쯧쯧. 넌 어째 하윤이 보다도 못하냐."

"아부지!"

"나가자, 나가. 산이네 부모님도 기다리실 테니까."

문춘수가 밖으로 향했다. 그걸 바라보는 대식의 입이 닷 발이나 튀어나왔다.

"하긴. 하윤이도 정타를 허용한 건 두 대밖에 안 되네."

"뭐?"

민수는 대식이 노려보자 입을 꾹 다물고 빠르게 밖으로 나 갔다.

"관장님, 같이 가요!"

"저 자식을 그냥."

이를 가는 문대식의 어깨를 강산이 말없이 두드려주며 지 나갔다. 어쩐지 그게 더 속상했다.

예선전이 끝나고 다함께 저녁을 먹으러 식당을 찾았다.

두툼한 목살과 삼겹살이 익어가는 것을 보며 강산은 가족 들을 바라보았다.

"무하마드 알린 아시지요?"

"그럼요."

"오늘 산이가 완전 알린 뺨치지 않았습니까? 바로 곁에서 보는데, 캬~ 역시 우리 산이가 최곱니다, 최고."

"크흠. 산이는 제 아들입니다만."

"여보, 우리 아들이죠."

"어이쿠, 이거 왜 이러십니까? 산이는 제 제자입니다."

어른들은 강산의 소유권을 가지고 티격태격하다가 왁자하 게 웃어 젖히고는 술잔을 부딪친다.

"대식이도 오늘 잘하던데요. 특히 맞으면서도 물러서지 않 고 KO를 시킨 것이 인상 깊었습니다."

"제 아들이요?"

문춘수가 전투적으로 쌈을 싸먹고 있는 아들을 바라봤다.

"잘하죠. 제 아들이라지만 정말 잘하는 녀석입니다. 그런데 부모 욕심이란 게 말입니다."

갑자기 문춘수가 주먹만 하게 쌈을 싸서는 대식이의 입에 구겨 넣었다.

"처먹어라 이눔아!"

"우웁!"

"먹고 싶은 건 내 얼마든지 사주마. 배 터지게 먹여주마. 그런데 말이다. 상대의 펀치는 절대 먹지 마라. 네가 맞으면 이 애비 배가 불러 터질 거 같으니까. 알았냐?"

대식이 입 안에 들어온 쌈을 씹지도 않고 멍하니 아버지를 바라보았다. 그런 아들을 외면하고 술잔을 드는 모습이, 그도 꽤나 쑥스러운 모양이었다.

"확실히 그렇죠. 저랑 이이도 산이랑 하윤이가 상처 입을까봐 얼마나 조마조마한데요."

"산이 어머니. 벌써 며느리 챙기시는 건가요? 허, 이눔아. 넌 대체 뭐하고 있었냐?"

입 안의 쌈을 우걱우걱 씹어 삼킨 대식이 뭐라 항변할 찰나, 문춘수가 잔을 들었다.

"건배합시다. 그래, 미래의 챔피언들을 위하여, 어때요?"

"좋습니다."

"좋아요."

"자, 자, 너희들도 음료수 들고."

"아버지!"

"어허? 뭐해? 잔 들어?"

문춘수의 핀잔에 대식이도 마지못해 음료수 잔을 들었다. 매일 투닥거리는 부자의 모습이 오히려 사이가 좋아보였다.

"미래의 챔피언들을 위하여!"

"위하여!"

잔이 부딪히고 조촐한 그들만의 만찬은 계속되었다.

강산은 이 시간이 소중했다.

시끌벅적하고 요란하지만, 정이란 것이 무엇인지 많이 깨닫고 있는 요즘이었다.

누구에게도 핍박받기 싫었고 누구보다 강해지고 싶었다. 높은 자리에 서면 뻥 뚫린 가슴이 채워질까, 검 한 자루에 모든 것을 걸고 살았다.

하지만 채워지지 않았다. 공허함이 그의 눈에서 빛이 사라지게 만들었고, 그가 휘두르는 검에서는 감정이 사라졌다.

그때 나타난 것이 백화옥녀 유설과 광음소자 직염이었다.

직염은 뻔뻔했다.

보자마자 동갑 아니냐며 친구먹자 했다.

무시했다. 적의가 없는 자는 그에게 아무런 의미도 없었으니까.

그때부터였다. 진천이 사람을 죽일라 치면 그가 나서서 상대방을 패대기쳤다. 처음에는 신경 쓰지 않았었다. 아무래도 상관없었으니까.

그런데 그게 계속되자 진천의 감정이 움직였다. 짜증이 났고 화가 났다. 그래서 직염의 목에 검을 디밀었다.

그때야 직염은 환하게 웃으며 말했다.

이제 좀 사람 같네.

유설은 조용했다.

말없이 진천의 수발을 들고 궂은일도 마다하지 않았다. 그녀 또한 절정의 고수였음에도 불구하고 허드렛일을 척척 하며 그의 곁에 있었다.

직염으로 인해 처음 짜증이란 감정이 되살아난 날, 쪼그리고 앉아 빨래하는 그녀를 보며 화가 났다.

왜? 왜 내 곁을 맴돌며 귀찮게 하는가?

그녀의 옷을 찢었다.

그렇게 원한다면 취해주겠다. 모든 건 네가 자초한 일이다. 거기에 어떠한 감정도 없음을 원망하지 말라.

마지막 얇은 천을 붙잡은 진천의 얼굴에 그녀의 손길이 닿았다. 거기에는 두려움도 원망도 없었다. 한없이 자애로운 눈빛으로, 모든 것을 이해한다는 듯한 미소를 지어보였다.

사랑해요.

처음 들어보는 말, 처음 느껴보는 생소한 감정이었다.

부끄러웠다. 받아들이기 어려웠다.

유설을 그대로 남겨두고 도망치듯 벗어났다. 그리고 이름 모를 산 하나를 날려 버리고서야 다시 돌아왔다.

그녀가 봉두난발이 된 진천을 맞이했다.

다녀오셨어요.

"안녕하세요."

강산이 상념에서 벗어나 고개를 들었다.

"강산 선수 맞으시죠?"

이서경, 그녀가 눈앞에 서 있었다.

"누구시죠?"

그녀의 등장에 가장 먼저 반응한 것은 하윤이었다. 그리고 이서경을 알아본 것은 대식이다.

"응? 혹시 그, 이서경 이사님?"

강산의 일도 있고 워낙에 미인이라 쉽게 알아볼 수 있었다. 그건 개회식에서 그녀를 보았던 다른 사람들도 마찬가지였다.

"맞네, 그 아가씨네?"

사람들이 자리에서 일어나 분분히 인사를 나눴다. 대회 주최측의 대표이기도 했기에 무시할 수 없었다.

"이사님이 여긴 무슨 일로 오셨습니까?"

문춘수의 의문은 모두의 의문이었다. 이서경의 얼굴에는

시종일관 차분한 미소가 걸려 있었다.

"저도 여기서 저녁을 먹는 중이었어요. 잠깐 밖에 나왔는데 여러분이 보이시더라고요. 강산 선수의 경기를 인상 깊게 보아서 지나칠 수도 없었고, 게다가……."

그녀가 쑥스러운 표정을 지었다.

"문 관장님께 부탁드리고 싶은 일이 있어서요."

"예?"

이서경이 A4 용지 하나와 펜을 내밀었다.

"저희 아버지께서 문춘수 챔프의 열렬한 팬이시거든요. 물론 저도 좋아하고요. 그래서 그런데, 죄송하지만 사인 하나만 부탁드려도 될까요?"

그녀의 말에 문춘수의 얼굴이 환해졌다.

과거의 영광을 누군가 기억해 준다는 사실만으로도 기분이 좋을 수밖에 없었다. 문춘수는 그 자리에서 멋들어지게 사인을 해주었다.

"이거, 오랜만에 해봐서 마음에 드실까 모르겠습니다."

"아니요. 해주신 것만도 감사하죠."

전직 챔프와 팬의 만남은 화기애애할 수밖에 없었다. 그런데 그걸 보는 대식은 기가 막힌다는 얼굴을 했다.

"와, 아닌 척 쩐다. 니들 아냐? 아버지 요즘 사인 연습하고 계셨던 거."

"연습?"

"그래. 우리가 우승하고 유명해지면 알아보는 사람들 있을 수도 있다고 사인 연습하신다더라."

아이들끼리 작게 키득거리는 것을 들은 문춘수가 노려보았지만, 상관하는 녀석은 아무도 없었다.

딱히 권위를 내세우는 타입은 아니었다. 그래도 녀석들의 반응을 보자니 체면이 말이 아니다. 그렇다고 그걸 내색할 수도 없고 이래저래 고민인데, 이서경이 한 가지 부탁을 더 해 왔다.

"저, 괜찮으시다면 동석을 해도 될까요? 문 챔프님의 말씀도 듣고 싶고 젊은 선수들과도 친분을 가지고 싶거든요."

특히 강산 선수와요.

하윤은 이서경이 강산을 바라보는 눈빛이 심상치 않음을 느낄 수 있었다.

저녁 식사는 화기애애한 분위기 속에 끝났다.

이서경은 이야기를 들을 줄 알았고, 이끌 줄 알았다. 문춘수와 통하는 과거 복싱계의 이야기를 비롯해서 강산의 부모님이 공감할 대화까지 막힘없이 오고 갔다.

"여보. 그 아가씨, 젊어 보이던데 대단해."

"그러게요. 나이도 많지 않아 보이는데 이사라니요. 아는 것도 많고 얼마나 겸손하던지, 큰 회사의 이사란 사실도 잊을 정도였다니까요? 어머, 그러고 보니 너무 편하게 대한 거 아니에요?"

이선화는 동네 아가씨를 대하듯 한 것이 못내 마음에 걸렸다.

"아니야, 오히려 그걸 좋게 생각하는 거 같더만."

차 안에는 부모님과 강산, 신하윤이 타고 있었다.

뒤에 앉아 이야기를 듣는 하윤은 창밖에 시선을 두고 있으면서도 두 사람의 이야기에 귀를 기울이고 있었다.

그녀가 보기에도 이서경은 대단해 보였다. 외모도 외모고 사회적 지위와 품위, 교양, 어느 것 하나 빠지지 않았다. 그런 여자가 강산에게 관심을 보이고 있었다.

이야기를 하는 내내 이따금씩 강산을 바라보는 눈초리가 다른 사람을 보는 것과는 확실히 달랐다.

'설마.'

이사라면 나이도 많을 것이었다. 아무리 젊어보여도 최소 30대는 아닐까 싶었다. 그런 여자가 아직 고등학생인 강산을 마음에 두고 있을 리가 없었다.

강산 또한 이서경을 생각하고 있었다.

'역시, 못 알아본 건가?'

자신을 알아보았다면 적극적으로 다가올 그녀였다. 그런데 오늘은 그저 대화만 나누고 어떠한 행동도 보이지 않고 돌아갔다.

한편으론 안도가 되면서도, 묘하게 서운한 마음도 들었다.

'서운이라.'

웃음이 나온다.

서운함, 미안함, 애틋함, 그리움…….

사람과 사람 사이에서 생겨나는 감정들이다. 이런 감정들을 그가 가지게 되다니.

이제 좀 사람 같네.

직염아. 좀이 아니라 이제는 나도 사람이다.

강산은 고개를 돌려 하윤을 보았다. 불안해하는 모습이 눈에 들어온다.

그럴 법도 하다. 누가 봐도 완벽해 보이는 여자가 강산의 주변에 등장했으니. 아마 마음속은 지지 않겠다는 경쟁심으로 타오르고 있을 것이다.

강산이 손을 뻗어 하윤의 손을 잡았다. 하윤이 고개를 돌려 강산을 바라봤다. 따뜻한 미소가 그녀를 향하고 있었다.

'바보.'

여자의 감만큼 무서운 게 없다더니, 완벽해 보이던 강산은 아무것도 눈치채지 못한 것처럼 보인다.

'흥, 나도 그만큼 성공하면 되는 거야.'

하윤은 마음을 굳히며 강산의 손을 힘주어 다잡았다.

무체급 예선이 벌어지는 날, 이번에는 온 가족이 모두 경기
장을 찾았다.

"수능 준비는?"

강산은 강현을 보자마자 공부부터 물고 늘어진다.

"모의고사 성적도 잘 나왔고 하루 정도는 빼도 돼."

"하루? 본선도 보러 올 생각은 아니고?"

"…산아. 형도 숨 좀 쉬자."

"숨은 검사가 되고 나서 쉬어. 안 그래, 누나?"

곁에 있던 혜정이 어색한 미소를 지었다. 그 사이로 이선화
가 끼어들었다.

"산아. 현이가 이번 모의고사에서 전국 2등 했어. 그 정도
면 괜찮지 않니?"

말을 하면서도 찝찝했다. 공부하라고 닦달해야 하는 것은
자신인데, 둘째가 어째 더 심하다.

"1등만 기억하는 더러운 세상, 1등 해야죠."

강산이 과장되게 웃으며 말했다.

"뭐?"

그 모습에 사람들도 농담으로 받아들이고 웃었다. 하지만
강현만은 그렇지 않았다.

아니나 다를까? 강산이 나직하게 말했다.

"1등 못하면 스페셜 코스."

스페셜 코스 안마, 특제 추궁과혈 1시간 코스다.

강현이 단 한 번, 전교 1등을 놓친 적이 있었다. 이전에는 반쯤 마취되다시피 한 상태에서 받은 추궁과혈을, 아혈과 마혈만 짚인 채로 1시간을 받았었다.

물론 받고나면 몸이 상쾌해지고 좋아졌다. 그러나 그 1시간은 말 그대로 지옥과도 같은 고통이었다.

'절대로, 네버.'

강현은 죽어도 1등을 하고 말겠다는 다짐을 했다.

"산아. 그럼 경기 잘하고."

"걱정 마세요. 상처 없이 돌아올게요."

선화는 아들의 호언장담에 푸근한 미소를 머금고 안아주었다.

"강산 화이팅!"

하윤이의 손을 잡아주는 것을 끝으로, 강산은 문 관장과 민수를 대동하고 대기실로 들어섰다.

"무체급 예선이라 그런지 사람들 열기가 장난이 아니네요."

"그러게나 말이다. 그나저나 정말 죄다 웰터급 이상이네. 너도 한 체급 높아져서 다행이다."

원래 강산은 173에 64킬로로 라이트 웰터급이었다. 그러나 키가 자라 현재는 175에 68킬로가 되어 이번 대회에는 웰터급으로 출전하게 되었다.

"어라? 산아. 저 선수 봐봐."

손에 밴딩을 하던 강산이 민수의 말에 고개를 돌렸다.

"완전 인간 흉기네. 저게 사람의 몸이냐?"

강산의 손이 멈추었다.

'저건 또 뭐지?'

얼마 전에 매우 미약한 내공을 지닌 노인을 봤었다. 제대로된 내가기공이 없는 지금 시대에 그 정도만 해도 대단한 일이었다.

그런데 지금 저 앞에 보이는 복서는 확실하게 내공이 느껴지고 있었다.

보통 외부에서 내공이 느껴질 정도가 되려면 최소 3년 이상의 기운이 단전에 있어야 한다. 내공심법이 없는 현대 사회에서 그런 사람은 전생에도 보지 못했었다.

그런데 내공을, 그것도 복서가 가지고 있다니?

그게 나쁜 것은 아니었다. 오히려 밋밋하던 경기에 재미가붙을 일이었다.

호기심이 동한 강산은 격기로 수준을 알아볼까 하다가 생각을 바꿨다. 괜히 격기에 시합도 하기 전에 노인처럼 될까봐우려해서였다.

과거, 유설과 직염이 나타나 그에게 마음을 돌려주었다지만, 그때는 너무 늦어 있었다. 이미 그때까지 걸어온 독행마의 길에 쌓인 은원이 너무도 많았었다.

비무.

다른 이들에게는 실력의 고하를 가리는 방법.

하지만 그에게 모든 비무는 생사결이었다. 단지 두 사람의 만남을 통해 본래 비무의 취지로 바뀌었을 뿐, 그때까지 그의 손에 목숨을 잃은 무림인이 한 둘이 아니었다.

강자와의 대결, 천하제일로의 전진.

비무의 즐거움을 깨달으며 순수하게 그것을 즐기게 되었을 때, 종내에는 천하제일인으로 인정을 받을 수 있었다.

그렇지 않았다면 거대한 은원의 그물에 걸려 일찌감치 무림공적이 되었으리라.

강산의 입가에 엷은 미소가 걸렸다.

'날 즐겁게 해다오.'

중원의 고수들과는 비교하기 미안할 지경이다. 그래도 내공을 사용하지 않으면 즐겁게 싸울 수 있을 것 같았다.

어차피 죽고 죽이는 대결도 아니었다. 세상에 자신보다 강한 사람도 없었다. 그렇다고 비무의 즐거움을 포기할 수는 없었기에 스스로 핸디캡을 지우는 것이었다.

함부로 싸울 수도 없는 이놈의 법치국가.

그래도 난 즐기련다. 그 법의 테두리 안에서 정당하게.

[첫 번째 예선을 시작하겠습니다. 성원 체고의 김고성, 덕수 체고의 김상원, 인천시청의 이조봉…….]

예선의 시작을 알리는 방송이 흘러나왔다. 선수들은 하나

둘 자리에서 일어나 대기실을 나서기 시작했다.

기존의 복싱대회에서는 고등부와 일반 실업팀을 따로 했었지만, 이 대회에서는 나이에 상관없이 체급으로만 경기를 운영했다.

챔피언전이란 이름에 걸맞게 자신 있는 사람이라면 누구든지 국내 최고의 선수가 될 기회를 준 것이다.

공식적으로 국가대표 선발전에도 가산점을 부여하겠다는 대한체육회와 대한복싱연맹의 공고도 있었기에, 참가 복서들의 눈에는 투지가 불타오르고 있었다.

인간 흉기가 대기실 밖으로 나서는 게 보였다.

터질 것처럼 팽팽한 근육질에 얼굴 또한 근육으로 뭉친 것 같은 인상의 사내였다.

＊　　　　＊　　　　＊

우철.

그게 사내의 이름이었다.

'내가 스포츠맨이라니.'

미국의 민간군사기업에서 용병으로 활약하던 그에게 장경배의 연락이 온 것은 5년 전이었다.

"언제까지 목숨 걸고 인간백정 할래? 들어와라. 좋은 자리

있다."

장경배는 용병 업계에서도 알아주는 인물이었다. 20년을, 그것도 전쟁용병으로 살아남은 한국 사람은 그가 유일했기 때문이다.

지금까지 살아있는 용병들 중에 그에게 목숨 빚을 지지 않은 자가 드물었고, 우철도 아프리카 작전에서 빚을 졌었기에 일단 휴가를 내고 귀국했다.

그런데 한다는 말이 운동선수 하란다.

당연히 일언지하에 거절했다.

스포츠와 전쟁은 다르다. 목숨 걸고 운동한다, 목숨 걸고 일한다, 말은 다 그렇게 하면서도 진짜 목숨이 달아나는 경우는 드물다.

하지만 전쟁은 진짜 죽을 각오로 죽여야 하는 일이다.

그 과정에서 괴물이라 불리는 놈들 외에는 크든 작든 PTSD, 외상후 스트레스 장애를 안고 살아가는 용병들이 많았다.

PTSD를 극복하기 위해 극단적인 경우 스스로 인간성을 버린 녀석들이 부지기수였다. 그렇지 못한 자들은 대게 죽거나 정신이상자가 되어 버렸다.

그런 용병에게 스포츠쉽을 가지라는 건 말이 안 된다.

그렇게 생각했는데 아니었다.

'쩝. 그래도 꼭 홀린 기분이란 말이야.'

안전한 일, 훌륭한 연봉, 보너스까지. 매우 좋은 조건에 마음이 흔들리는 찰나에, 책임자라는 이서경 이사를 만났다.

그녀를 보자 알 수 없는 신뢰가 생겼다. 더구나 장애나 후유증을 고칠 수 있다는 이야기가 그의 귀를 솔깃하게 했다.

돈도 벌고 후유증도 고칠 수 있다. 그건 바로 평범한 삶을 살 수 있다는 이야기다.

돈 때문에 용병이 되었다가 평범한 삶으로 돌아오지 못하는 이들이 많았다. 자신도 그런 부류 중 하나였다.

"한 달만 맡겨보세요."

한 달.

진짜 딱 한 달을 그녀가 말하는 재활 의료 서비스를 받았다. 정신과 진료와 단전호흡 같은 것—단전호흡이라 하기엔 좀 더 복잡했다—을 비롯해 최면치료까지.

그의 PTSD는 적이라 인지한 것에 대한 극한의 공포다.

적이 죽어야만 공포에서 벗어날 수 있었다. 전장에서 그에게 자비란 존재하지 않았다. 덕분에 코드네임도 휴먼 슬레이어, 인간 백정이었다.

그랬는데 지금은…….

"파이트!"

우철의 상대는 국내에서도 몇 안 되는 슈퍼헤비급 복서였다. 이번 대회에서 무체급의 유력한 우승후보로 꼽히는 선수다.

그런데 그의 눈에 보이는 녀석은 가소롭기만 했다. 묵직하게 잽을 날리는 모습이 마치 재롱을 부리는 것처럼 보였다.

퍽! 퍽!

몇 번의 주먹질에 맞아주었지만, 그다지 아프지도 않았다. 그렇다고 계속 맞아줄 수는 없었다. 그는 가드를 올리며 앞으로 전진했다.

한 걸음 한 걸음, 녀석을 압박해 갔다. 뒤로 물러나며 연신 펀치를 날리는 녀석의 눈빛이 당황스러움으로 물든다.

퍽!

잽에 맞은 녀석이 휘청거리며 뒤로 물러났다. 그것을 쫓지 않았다. 어차피 사각의 링 위에서 놈이 도망갈 곳은 없다.

천천히, 천천히.

퍽!

두 번째,

퍽!

세 번째.

잽이 연달아 작렬할수록 녀석의 반항이 흐릿해진다. 그리고 드디어 놈의 눈동자에 두려움이 물들기 시작했다.

자, 이제 사냥할 시간이다.

그는 더 이상 적이 두렵지 않았다.

적은 이제 그가 가지고 놀 사냥감에 불과했다.

*　　　*　　　*

"뭐야 저 선수?"

민수가 놀란 토끼눈이 되었다.

맞아도 꿈쩍 하지 않고, 잽만으로 상대를 물러나게 하는 것이 자신보다 큰 선수를 가지고 노는 모습으로 보였다. 그렇다고 일방적으로 몰아치는 것도 아닌지라, 주심도 애매하게 지켜보고 있을 뿐이었다.

"완전 탱크네."

"저런 선수가 있었어?"

워낙에 좁은 바닥이다 보니 어지간한 기량의 복서들은 서로를 알고 있었다. 그런데 다른 복서들도 모르는 눈치였다.

화면에선 우철이 상대 선수를 코너로 몰아가고 있었다. 클린치도 소용없었다. 우철은 너무나도 손쉽게 클린치를 풀며 선수를 뒤로 밀어냈다.

코너에 몰린 선수가 발작적으로 훅을 날렸다. 훅은 정확하게 우철의 왼뺨에 꽂혔다.

훅을 꽂은 글러브가 우철의 얼굴에 닿아 있었다. 그가 얼굴로 강하게 버틴 것이었다. 그리고 그 상태에서 우철의 공격이 시작됐다.

"어?"

우철의 레프트 보디 블로가 작렬하자 상대의 몸이 들썩 떠올랐다. 라이트 훅이 안면을 강타하고 모로 쓰러지는 상대의 얼굴에 레프트 어퍼컷이 미사일처럼 솟구쳤다.

선수의 입에서 마우스피스와 치아가 튀어나왔다. 붉은 피가 링 위를 붉게 물들였다.

"세상에… 저건 괴물이다, 괴물!"

대기실의 선수들이 경악을 했다. 미동조차 없는 맷집도 놀라웠지만, 슈퍼헤비급 복서의 몸이 떠오를 정도의 펀치력이라니. 근래에 보기 드문 괴물복서의 등장이었다.

민수가 대진표를 확인했다. 처음 보는 실업팀 이름이 쓰여 있었다.

"독천?"

대개의 실업팀이 시청이나 군청 소속인 것을 감안하면 특이한 이름이었다.

"얼마 전에 대하전자에서 실업팀을 창단했다더구나."

문춘수는 이번 대회에 한 가지 소식을 접했다. 대하그룹의 계열사인 대하전자에서 아마복싱 실업팀을 창단했다는 이야기였다.

분명 기쁜 일이었지만, 한편으로는 이해가 가지 않는 소식이기도 했다. 그런데 지금 우철이란 선수의 경기를 보니 팀을 창단할 만하다는 생각이 들었다.

그의 경기는 눈길을 잡아끌었다.

링 위의 카리스마라고 할까? 그것이 화면에서까지 느껴지고 있었다.

세계적인 선수들의 경기를 보면 흡인력이 있다. 관중을 흥분케 하고 열광하게 만드는 무언가가 존재한다.

스타(Star).

스스로 빛을 내는 항성을 스타, 별이라고 한다.

사람들은 빛나는 사람에게 열광을 한다. 우철은 분명 빛이 나고 있었다. 압도적인 강인함을 보여주는 카리스마가 그것이었다.

하지만 강산도 강하다. 아니, 그의 복싱 인생을 통틀어 최고의 천재를 꼽으라면 단연 강산의 손을 들겠다.

지금까지 1라운드 KO 전승이었고 펀치를 허용하지도 않았다. 이미 체급전에서의 경기 모습으로 꽤 많은 이들의 관심도 받고 있었다.

'잘하면 복싱이 제2의 전성기를 맞이할 수도 있겠어.'

대하전자 소속의 선수는 우철 말고도 2명이 더 있었다. 그들은 이번 대회에 참가하지 않았다고 들었다.

분명 그들도 강할 것이다. 스타성이 다분한 선수들이 분명했다. 그렇지 않았다면 대하그룹 같은 대기업에서 실업팀을 창단할 리가 없었다.

사회사업? 영리를 목적으로 하는 기업이 그런 걸 아무 이유 없이, 손해 보면서 하는 경우는 없었다. 유형이든 무형이든 이익이 있으니 하는 법이었다.

문춘수의 가슴이 뜨거워졌다.

'그중에 강산이 최고다!'

새로운 복싱의 전성기가 도래하면 강산이 그 중심에 설 것임을 믿어 의심치 않았다.

[이어지는 예선전은⋯⋯.]

이제 강산의 차례였다.

                    *   *   *

링 위에 오르는 강산의 마음은 좋지 않았다.

강산은 경기 전에 상대방 선수에 대한 내용을 보지 않았다. 다 알고 싸우는 것보다는 모르는 상태에서 상대하는 것이 조금이라도 즐거웠으니까.

게다가 그는 할 일이 많았다.

연습하는 척하면서 애들 가르치랴, 공부하랴─성적 떨어지면 안 된다─ 바쁜 와중에 붙어보면 알 상대에 대한 관심은 시간 낭비였다.

그래서 우철이란 복서에 대해서도 오늘 처음 알았다. 그가 대하전자 소속이란 소리를 듣고 대진표를 확인하기 전까지는 다른 이들과 다를 바 없는 상대였을 뿐이다.

'이서경. 대체 이게 무슨 짓이냐.'

세계 인구가 60억이 넘는다. 그중에 장경배처럼 뛰어난 사람이 어딘가에 이어져 올 무공을 접했을 수도 있다.

3년 이상의 내공?

이 세상에도 단전호흡이란 것이 있었다.

그의 기준으로 봤을 때에는 그저 그런 기초 토납법에 불과하지만, 이것만으로도 어렸을 때부터 매일 5시간 이상 한다면 마흔 이전에는 5년 정도의 공력을 쌓을 수 있다.

3년 내공? 자질만 있다면 충분히 얻을 수 있는 내공이다. 그 내공을 중원의 무공처럼 다루는 일은 별개여도 말이다.

그래서 단지 우연이라고 치부했다. 그런데 지금 링 위에 마주선 상대와 아까 확인한 대진표를 통해 그는 알 수 있었다.

모든 것이 이서경의 안배라는 것을.

아시아인은 유럽인보다 신장이 작은 편이다. 그래서 헤비급 이상의 복서는 많지가 않았다.

특히 국내처럼 복싱의 인기가 적은 나라에서는 더 하다. 그런데 지금 눈앞에는 척 봐도 슈퍼헤비급이라고 온몸으로 말하는 복서가 서 있다.

흔치 않은 슈퍼헤비급 복서가 강산과 우철의 상대로 처음 만나게 되었다.

대진표 또한 두 사람이 비슷한 선수들을 상대하면서 최후의 결승에서 만나도록 짜여 있었다. 서로가 비교되게끔 만들어진 대진표가 분명했다.

"파이트!"

복서는 신중하게 강산을 살폈다. 강산과 달리 그는 상대 선수에 대해서 연구하는 평범한 선수였다.

강산이란 복서는 대단했다. 전적이 많은 것은 아니지만 하나같이 1라운드 KO라는 경이적인 성적을 냈다. 빨리 끝낸 만큼 현재 체력적으로도 그와 큰 차이가 없단 소리였다.

강산은 자신의 눈치를 살피는 복서를 쳐다봤다. 마치 순진한 곰 한 마리가 먹이인지 아닌지 고민하는 것 같았다.

나름대로 귀여운 면이 있었다. 그래도 져 줄 수는 없었다.

강산이 한 걸음 앞으로 나서며 주먹을 뻗었다.

라이트 스트레이트가 가드를 뚫고 안면에 꽂히고 레프트 보디 블로가 불쌍한 곰의 복부에 꽂혔다. 그것으로 경기는 종료되었다.

미안하다. 기분이 별로 안 좋다.

무릎을 꿇고 쓰러지는 곰의 어깨를 두드려 주고 강산이 몸을 돌렸다.

'이서경. 좀 봐야겠구나.'

그녀가 자신을 어떻게 생각하는지 잘 안다. 그래도 이건 마음에 들지 않았다. 자신의 뜻이 아닌, 남의 뜻으로 움직이는 일은 그의 자존심이 상하는 일이었다.

무체급 예선을 통과한 그날, 각 인터넷 사이트와 언론은 강산과 우철의 경기내용으로 도배되다시피 했다. 특히 강산은 과거 하윤이 올린 영상까지 다시 한 번 화제가 되었다.

지글지글지글.

그래서 오늘도 고기 파티다.

"흐흐흐."

문춘수는 기쁨을 감추지 못했다. 어쨌든지 간에 유명세를 타는 것은 좋은 일이었으니까.

하지만 다 그런 것만은 아니었다.

"문 관장님. 지금 웃을 때에요?"

이선화가 한숨을 쉬며 말했다. 아들을 믿지만 우철의 경기 내용이 너무 잔인했기 때문이었다. 그런 선수와 경기를 해야 한다니 불안한 마음이 가득이었다.

"커흠, 죄송합니다."

문춘수는 강산의 실력을 가까이서 확인한 사람이다. 그렇다 보니 이렇게 마냥 좋을 수밖에 없었다.

하지만 그걸 모르는 강산의 부모 입장에서는 걱정되는 것이 당연했다.

"산아, 안 되겠다. 무체급은 포기해라. 봐봐, 기사를. 이 우철이란 선수 펀치가 메가톤급 핵펀치라잖아."

우철은 무체급 예선 내내 강력한 펀치력을 보여주며 전 경

기 1라운드 KO를 달성했다. 사람들은 마이크 타이거에 비견
될 핵펀치의 소유자가 나타났다고 이야기했다.

그러나 강산의 경기를 본 사람들도 마찬가지로 강산의 펀
치력을 칭찬했다.

"그건 강산이도……."

민수는 그 부분을 이야기하려 했다. 강산의 펀치도 그 못지
않게 강하다고.

그러나 이선화의 살벌한 눈빛에 입을 다물어야 했다.

'이 녀석이 눈치 없이!'

누가 더 강하고 말고의 문제가 아니었다. 저 펀치에 맞을
수도 있는 사람이 아들이었다. 그게 걱정이 되었던 건데, 친
구라는 녀석이 이러다니.

민수는 어깨를 잔뜩 움츠리고 얌전히 고기를 집어먹었다.

강산은 그제야 하윤이 싸준 쌈을 삼키며 입을 열었다.

"어머니."

"엄마라고 하라니깐."

"네, 엄마."

대회 자체는 이서경의 음모 아닌 음모였다. 당장 때려치우
지 않은 이유는 그녀를 만나보고 결정하기 위해서였다.

하지만 그 전에 지금의 상황부터 해결해야 했다.

"전에 약속드렸죠?"

"약속?"

"네. 한 번이라도 지면 복싱 그만두겠다고요."

부모님과의 약속을 모르는 친구들이 놀란 표정을 지었다. 그건 문춘수도 마찬가지였다.

"그랬지."

"이번에 지면 복싱 그만둘게요. 그리고 좋은 대학 가서 좋은 회사 취직할게요."

"산아. 그게 문제가 아니라."

"알아요. 제가 다칠까봐 그러시죠?"

"그래. 그 선수 주먹이 그렇게 세다면서? 맞았다가 잘못되면 어쩌려고?"

"관장님."

"응?"

"만약에 제가 시합 도중에 한 대라도 제대로 맞으면 바로 수건 던져 주세요."

수건을 링 안으로 던지면 시합을 포기한다는 의미였다.

"어, 그래. 알았다. 강산 어머니. 제가 책임지고 위험하면 바로 경기를 중단시키겠습니다. 그러니 너무 걱정하지 마세요."

"그래도."

"여보. 그쯤 해. 관장님이 어련히 알아서 해주실까."

강창석도 걱정이 되기는 마찬가지였다. 하지만 이미 아들을 믿기로 작정한 그였다.

"알았어요, 알았어. 관장님. 그럼 잘 좀 부탁드릴게요."

"예, 걱정 마십시오. 산이는 저도 아들처럼 생각하는 녀석
이니까요."

강산은 잠시 바람 좀 쐬겠다며 밖으로 나왔다. 하윤이 따라
나와 그의 팔짱을 끼며 나란히 섰다.

길거리에는 수많은 사람들이 지나다니고 있었다. 저마다
의 삶을 살며 저마다의 길을 가는 사람들. 이 세상의 사람들
이었다.

그렇다면 나는 이 세상의 사람일까?

이서경, 그녀는 과거의 인연으로 자신을 붙잡으려 하고 있
었다. 이번의 대회도 그 연장선이 분명해 보였다.

그냥 조용히 그 길을 가면 될 일이었다. 그게 가장 편하고
빠른 방법이었다. 그러나 그렇게 되면 또 다시 빚을 지는 셈
이다.

그렇게 되면 난 그녀를 거부하지 못할 것이다. 그건 곁에
있는 하윤이, 그녀에게 못할 짓이었다.

중원에서의 관점으로 보자면 부인을 여럿 두는 것은 흠이
아니었다. 하지만 이 세상은 아니었고, 하윤을 비롯한 다른
사람들은 분명 이 세상 사람이었다.

"좋다."

하윤이 머리를 기대어 왔다.

처음 울음을 터트리고 달래주던 때부터 지금까지 하윤이

는 그의 곁에 있어왔다. 중원에서보다 많은 것을 깨달은 다음이라서인지, 그녀의 존재는 매우 커져 있었다.

그래서일까?

이곳에서의 삶으로 인해 이서경에 대한 생각도 많이 변하게 되었다. 중원에서의 그녀는 하윤이보다 더하면 더했지, 덜하지는 않았었으니까.

강산은 하윤이의 어깨를 가만히 보듬어 감싸주었다.

달리 방법은 없었다. 이 문제는 이서경과 자신이 담판을 지어야 할 문제였다.

중원에서 온 사람끼리 해결을 봐야 할 문제였다.

*　　　*　　　*

이서경은 자신의 사무실에서 도시의 야경을 바라보고 있었다. 이제는 익숙한 광경이었다. 그러나 처음 환생을 했을 때에는 모든 것이 낯설고 생소하기만 한 세상이었다.

"강산."

그녀는 진천의 현재 이름을 가만히 읊조려 보았다.

이미 회귀 전에도 그가 가족을 얼마나 위하는지는 알고 있었다. 이번에도 그는 변함없이 가족들을 위하고 있었다. 다만 그 방식이 확실히 변했다.

독행마라 불리던 그가 세상의 룰을 따르기 시작했다. 법을 지키려했고 그 안에서 자신이 원하는 일을 하고 있었다.

'이전에는······.'

전생을 생각하던 그녀가 아랫입술을 꾹 깨물었다.

끔찍했다.

나도, 그도.

어쩌면 나에게만 끔찍했는지도 몰랐지만.

그래, 나에게만이 맞을 것이다. 그는 전혀 알고 있는 눈치가 아니었다. 만약 알았다면 식당에서 만난 자신을 그냥 보내지는 않았을 것이다.

적어도 지금의 강산이라면 말이다.

그걸 생각하니 짜증이 치밀었다. 그의 곁에 있는 여자아이.

신하윤.

가족은 상관없지만 그녀는 거슬렸다. 그날 그의 곁에서 꼭 붙어 떨어지지 않던 모습이 아직도 눈에 아른거렸다.

전생에는 가족 외에는 그의 곁에 아무도 없었다. 그래서 마음을 놓은 부분도 없지 않아 있었다. 그런데 떡하니 그 곁에 붙어 있는 여우같은 계집애라니.

그렇다고 그녀를 어떻게 할 수도 없었다.

강산의 성격상 그녀를 건드렸다가는 그의 분노를 피할 수 없을 일이었다. 아무리 중원에서의 인연인 자신이라 해도 그 부분만은 함부로 자신할 수 없는 일이었다.

모험은 할 수 없다. 자신이 감당할 수 있는 선, 그 선에서만 움직여야 했다.

그의 사랑을 받고자 한 것이지, 미움을 받고 싶은 것이 아니었다.

"하아."

가슴이 답답했다. 어쩌면 벌써 그의 마음이 상했을 지도 모른다.

이번 무체급 토너먼트는 철저하게 계획한 것이었다. 강산이라면 분명 눈치채고 있을 일이었다. 일부러 눈치채고 자신을 찾아와 주길 바라는 마음도 있었다.

그가 쫓아왔으면 좋겠다. 와서 따지면 당당하게 말하고 싶었다. 그랬던 이유를, 내가 그간 얼마나 힘이 들었었는지를 말하며 투정을 부리고 싶었다.

그리고 그에게 인정받고 사과받고 싶었다.

단지 미안하다는 그 말 한마디면 충분했고 그저 그녀를 사랑해 주면 좋을 일이었다.

그리고 그 사랑은 자신에게만 향해야 했다.

『완벽한 인생』 2권에 계속…

현대백수 장편 소설

FUSION FANTASTIC STORY

간웅

뇌성벽력이 치는 어느 날!
고려 황제의 강인번을 들고 있던
어린 병사가 낙뢰를 맞고 쓰러졌다.

하지만… 다시 눈을 뜬 이는
현대 대한민국에서 쓸쓸히 죽은
드라마 작가 지망생.

**고려 무신 시대의 격변기 속에서 눈을 뜬 회생[回生].
살아남기 위해! 죽지 않기 위해!
그의 행보로 인해 고려는 서서히
변하기 시작하는데…….**

치세능신 난세간웅(治世能臣 亂世奸雄)!

격동의 무신 시대!
회생, 간웅의 길을 걷다!

x

절정고수들이 하늘 높은 줄 모르고 질주하는 현 세상.
서른여덟 개의 세력이 서로를 견제하는 혼돈의 시대.

그 일촉즉발의 무림 속에
첫 발을 디딘 어린 소년.

"나는 네가 점창의 별이 되기를 원한다."

사부와의 약속을 지키고
난세로 빠져드는 천하를 구하기 위해
작은 손이 검을 들었다!

박선우 新무협 판타지 소설 FANTASTIC ORIENTAL HE

풍운사일

Book Publishing CHUNGEORAM

내일을 향해 쏴라

김형석 장편 소설

FUSION FANTASTIC STORY

1만 시간의 법칙!
'성공은 1만 시간의 노력이 만든다'는 뜻이다.

그러나…
사회복지학과 복학생 수.
전공 실습으로 나간 호스피스 병동에서
미지와 조우하다.

1만 시간의 법칙?
아니, 1분의 법칙!

전무후무한 능력이 수에게 강림하다!
맨주먹 하나로 시작한 수의
인생역전이 시작된다!

Book Publishing CHUNGEORAM

www.chungeoram.com